藏翅膀的人

文字·攝影　陳慶祐

推薦序

如果在路上，一個瑜伽人

孫梓評

慶祐是我的瑜伽老師。許多個日子，穿過城市巷弄，步登公寓，抵達一方深綠色軟墊，為的不是在那之上摺疊肉體。一堂課的起始，往往是慶祐汲取日常或大或小的事件，發掘命題，探問核心：從自己與家庭，與他者，與世界的關係，重又回到自己。每堂課開始與結束，都有呼吸的練習與提示，呼吸，所以活著。每一次瑜伽課，也像一趟主題旅行。

因為那麼擅於述說，慶祐看似犀利、明快、務實且重諾，然而在語言無法觸及的內面，慶祐又是柔軟、陰翳、夢幻而童稚的。這使得長年置身各種關係之中的他，需要一個人上路的時光，在那獨自的旅行中，經歷還原，重整，自適。於是這冊累積十多年始得的《藏翅膀的人》，便當然不只是流暢好讀、奇異充滿的朝聖者筆記；也不僅是形式與成員不同的旅途拍照。

這些即時記錄卻未曾隨時間褪色的寫字，是身為瑜伽練習者與教授者的他，沿途留下的光點。一呼一吸，瑜伽墊彷彿往前無限延伸，成為可能的路；一吸一吐，人我繫絆，甜蜜憂傷，都像不斷掠過、必然有其終點的旅程。

推薦序

一顆游牧寬廣的心

阿沚、五月天怪獸

有人說，旅行時有擅長拍照友人同行，就能收穫很多旅行照片，有慶祐哥同行應該就是這個意思。他如一台厲害的相機或有著攝影眼的攝影師，不，更正確來說是一種獨特的濾鏡，所見所聞都能變成張張相片，再變成字句翩翩。每當耳聞他又上路旅行，知道他每天寫作的好習慣，天天都會期待他的發文，想知道今天去了哪些地方？感受到了些什麼？有沒有如夢的魔幻時光？有沒有雷到不行的遭遇或是百轉千迴後的幽默見解？

在他旅行時我們偶爾彼此聯繫，會玩笑地催促他發文，呈現一種讀者敲碗的壓力，真正心情是很喜歡經由他的文字一同神遊，在忙碌日子中真是一方調劑與棲地。喜歡那些鉅細靡遺的細節，無論是對白、遭遇(有時是刀光劍影)，無法旅行時看看他吃的喝的，喜歡的感動的，畫面充滿層次很是立體。更深地來說，單純佩服與羨慕他貫徹每日寫作的毅力，以及習慣獨自旅行的瀟灑姿態；他就像守著紀律的修行之人，時時裝備的行囊卻只有懂得擁抱孤獨、游牧寬廣的心。

我們沒有實際相約遠遊過，但很常循著彼此腳步走過異鄉，帶回想著彼此而買的手信；也曾前後下榻同一旅店而特意採購一些食物飲品，留給彼此當彩蛋。唯一在路上的相遇是那年遙遠的荷蘭，如今更遙遠的是那麼多年歲月過去了！世界變了那麼多，幸好我們沒怎麼變，變成了還算可愛偶爾頑固的大人，依舊珍惜彼此善良柔軟。我們只相遇在人生中看似雷同卻又各異的每個修練場，各自努力鞠躬盡瘁，然後微笑優雅地拍拍彼此肩膀上的灰塵。

他做一手好菜，快速又創新，簡直一場時裝秀，桌上會充滿他對所有人的貼心，孩子吃的、大人配的，我們照顧嫩嬰的生活也會收到他直送與農夫種的愛心蔬菜。他又鮮豔又明快，價值觀混沌的人會感受到的或許是尖銳或刺激，可這世界上不需要那麼多圓潤的人，這也是從他身上學到的。

慶祐哥很懂生活的意義，或者說他很摩羯（很逼人）認真好好生活，每當他約我們見面小酌，最大的主軸常是：「你們接下來計畫做什麼？」即使我們變得更忙碌，「寫作吧！唱歌吧！寫歌吧！記錄下來吧！」常在我們餐桌上出現這些呼喚，這就是真情吧？捨不得你十八般武藝擺在柴米油鹽旁偷懶喘息閒置著。

他喜歡促成各種可能性與發展，他希望每個靈魂都找到幸福揮灑的土壤，他不只對好友這樣，他也不斷在關懷與用善意擁抱這世界，尤其是年輕人與孩子的未來，這也是我們約好一起的，成為有擔當的大人，讓小朋友們的未來更好。

憶起荷蘭見那一面，一起吃了美味烤布丁，冷風颼颼的橋邊帳篷內，堅持要我們試試的魚味超重的當地名物某生魚（笑），苦辣酸在腦海中只剩甜，一路有你。

推薦序

別聽我們詮釋旅行

張維中

日文當中有一句往昔的諺語，叫做「可愛い子には旅をさせよ」，直譯的話就是「讓可愛的孩子去旅行」。看起來好像是句挺好的話嘛？仔細想想又好似帶點偏見。長得可愛的孩子命真好，可以獲得旅行的獎賞，那不可愛的孩子就倒楣，得乖乖待在家囉？其實是個誤解。這句話裡的可愛和旅行，都不是現在的字義。諺語的原意其實要說的是，讓未經世事的孩子，一個人去外面闖蕩，風吹雨打獨自承擔，磨練出一個成熟的大人。

在交通、資訊和衛生條件都不發達的年代，從前的人對於踏上旅程，是不安和未知的。危機四伏，處處充滿風險，出得去不一定回得來，那跟現代人認為旅行是放假時的享受，是很不同的想像。

「你就是要折磨自己。」多次看見農夫對慶祐道出這句話，我忍俊不住。

當我在翻讀著慶祐的這本新書《藏翅膀的人》時，每次看到農夫的這句話，同時間，我的腦中浮現出來的一句話，就是那句日文諺語。

當然，慶祐已經不是孩子了（不過仍保有可愛的一面啦），也不是第一次出門壯遊，但那句話彷彿為「朝聖之路」開了一道入口，向我解釋了為何好不容易離開台灣，脫離疲憊的工作日常，明明可以用小奢華的方式出國享受，卻堅持要當苦行僧的理由。就像他在有如魔鬼訓練的法國之路上展開健行時，對後生晚輩開玩笑地說：「受苦要趁早啊！」

人雖然長大，不是孩子了，卻始終需要成長。不過，並非只是放著讓時間經過，人就會成長，而是要經歷折磨，跨越許多料想不到的坎，過關斬將，給自己有思考自我與解決困境的機會，才可能成長。旅行，正是很好的磨練方式。

《藏翅膀的人》的輯一〈朝聖之路〉是一段身體辛苦，但心靈滿足的挑戰之旅；輯二〈旅行是一門性技巧〉則是有時樸質的短旅，有時奢華的居遊。無論是哪一款旅程，慶祐在整本書裡都反覆說著「一個人旅行」這件事。

一個人旅行，是「讓時間變多又變長」的方法，因為時間多了許多留白，自己得以與自己共處；一個人旅行，有時他是真的隻身旅行，但有時並不是。然而，即使是跟朋友、帶家人或領著伴侶上路，在我看來，慶祐始終都沒有錯過思考「一個人」這件事。在異鄉，彷彿能夠看見的自己，更多也更深。在走過的風景中，他和內心的自我照面，離開家鄉，看似「和自己走遠，其實靠近」。

我喜歡《藏翅膀的人》書裡，慶祐在每一次的旅程上，思索關於「自己」的那些想法。在旅程中面對發生的各種狀況，遇見的各種人，他不斷體認到忠於自己的珍貴，以及不委曲的必要性。就像他在Camino的旅館，遭遇到不友善的態度，他不甘被欺負，據理力爭的故事，以及在新瀉購買錦鯉的那段神奇的過程，也多虧了他有著「不服輸」性格，才完美了一段成功的挑魚之旅。

慶祐的旅程，不僅僅只是關注自己而已。在來來往往的相遇和離別中，他同時思索著與他人的關係，學習去「看見別人的需要」。其實慶祐一直都很留意別人的需要，在意他身邊在意的人，有時候，甚至比當事者還在意。從我認識他以來，就知道如果你被他認可為好朋友，那麼他路見不平拔刀相助的義氣，也會成為好友們獨享的權利。

慶祐在書裡說到，這幾年他的旅行有個「症頭」，那就是「旅行下廚」這件事，不管到哪一個地方，他都想要在那裡用當地當季的食材，烹飪出一桌美食，犒賞自己，分享給同行的旅伴。倘若在異鄉有朋友——無論舊識或新生，只要是他喜歡的人，能夠親手料理、同桌共進一頓飯，那就更別具意義了。

這對我來說像是一種旅行的「儀式感」。為了完成這個儀式，必須先去市場挑選適合的生鮮魚肉，那裡存在著當地生活的傳送門，讓人透過市場賣的東西，老闆和客人的互動，快速感受到他鄉日常。想要深入當地文化，融合自己的身心，恐怕不會有比把一個地方直接吃進肚子裡，來得更為直接了吧？慶祐的「症頭」令人嚮往，因為讓旅行徹底實踐了「五感」的體驗。當然，美食當前，人也得對味。在異鄉一起用餐的對象，是慶祐每一次的旅行下廚中，值得回味的記憶。酒酣耳熱，心防卸載，有誠意的心事在餐桌上趁熱交換，美味的關係在離開故鄉以後，變得更為清晰。

後來，我有幸也成為慶祐在異鄉共食朋友的一員。住在日本的這些日子以來，我們有好幾次聚餐的機會，慶祐和農夫也曾到過我的「東京男子部屋」下廚，我們一起去超市，一起煮壽喜燒圍爐，聊彼此在旅程中的新故事。

慶祐的朋友很多，但我或許可以大言不慚地自稱，關於「飯友」和「旅伴」這兩個身分，我應該算是有點特別的那一個吧？很多很多年前，我們曾經共事。有好幾年的時間，每一天中午，我們一起吃飯。我們也曾經一起遠遊，在人生地不熟的遠方，我任性放空，讓他帶我去該去的地方。而我們也可以說，曾經是另一種形式的旅伴。在我剛出書的那幾年，慶祐曾撐著一把保護傘，讓我在成為作家的旅途上，得以安穩地摸索到更好的方向。

有時候我會想起這些往事，帶著一點複雜的情緒，但我知道對慶祐來說，過程比結果重要。他說過的，「世間一切都留不住，美好和破落都是一瞬間，快樂和悲傷也都不會久長；但穿過了美好和快樂，便會在心中留下愛，足以對抗破落和悲傷。」

看《藏翅膀的人》時，我羨慕他很有放下的勇氣與能力。當然我知道，那是他這一生不斷學習而來的。我似乎還無法如此地俐落。大概也就是這樣，我想，我無法成為一個像是慶祐這樣的旅人。所幸我能讀到《藏翅膀的人》這樣的一本書，它滿足了我，去經歷一段不太會發生在我身上的旅程。

慶祐如果聽到我這麼說，我猜他會告訴我，那也沒關係啊，每個人都有自己的旅程，每個人本來就是不同的旅人。

「別聽我們詮釋旅行，你應該出發，尋找屬於你的世界。」

來到異鄉生活，毫無預期，一不小心就在某一天也變成了書寫遊記的我，其實很明白慶祐這句話的箇中真諦。旅遊文學該有的力道，應該就是要讓人讀完以後想出發，不是去踩點打卡而已，而是靠自己的感覺去詮釋走過的世界。《藏翅膀的人》有這樣的力量。

只有出發了，旅程才會開始，世界才是真的存在。

輯一

朝聖之路

走上朝聖之路，一輩子都在路上。
那枚背包上的扇貝殼也將別在心上，去到哪兒，都是聖徒。

上路前 —— 在路上 —— 上路後

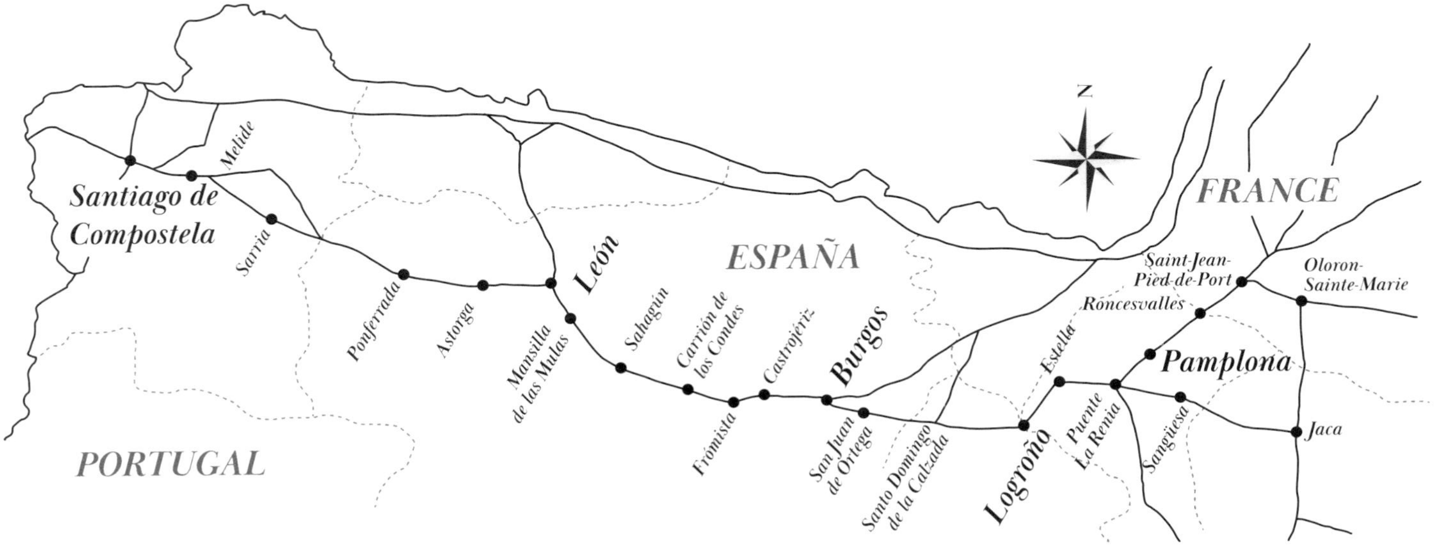
Santiago de
Compostela
Melide
Sarria
Ponferrada
Astorga
Mansilla
de las Mulas
León
Sahagún
Carrión de
los Condes
Frómista
Castrojériz
Burgos
San Juan
de Ortega
Santo Domingo
de la Calzada
Logroño
Estella
Puente
La Renia
Sangüesa
Pamplona
Roncesvalles
Saint-Jean-
Pied-de-Port
Oloron-
Sainte-Marie
Jaca
ESPAÑA
PORTUGAL
FRANCE
N

上路前

「你為什麼要去朝聖之路？」

這是這幾個月來我一直被詢問的。

不是因為宗教，我不是教徒；不是想遺忘或改變，我熱愛家鄉。

「你就是要折磨自己。」農夫這樣詮釋。

我想反駁，卻沒有說出口，因為我也不知道自己為什麼要去朝聖。

看過電影、看過文章、看過書籍，但那都不是主要誘因。我只是被召喚了，然後，就上路了。

就好像我也不知道自己此生為何為人？為何在這裡？只是被安排了，然後，就到來了。

我知道的是，我想挑戰些什麼，比如負重，比如與人同房；我還知道，我想明白些什麼，比如孤單與自由，比如陌生與熟悉。

其餘的，我都不知道了。

買了一張機票，訂了第一個城市的住宿，其餘都是空白，對魔羯座的我來說，好不容易，卻也解脫了。

你就是要折磨自己。好吧，或許我曾是苦行僧，才這樣為難自己，尋找究竟。

／辭職去旅行？其實沒那麼簡單。

很多文章提及「壯遊」，都會簡化所有困難，做出「放下工作，一切值得」的結論，讓人覺得是自己不夠勇敢、不敢想像沒有上班如何過日子……真的是這樣嗎？

我的忠告是：每個人都是不同個體，你得自己權衡、自己選擇，而不是拿別人帽子戴自己頭上。我不是一個物欲重的人，也不覺得一定要上班，但我認真地覺得作為一個成年人，至少得自己負擔自己。因此，從我工作以來，就有「急難救助金」的概念，若因為種種因素無法工作了，仍可確保手邊有一筆錢可以花用——最少三個月、最好一年的基本生活開銷，存好了就找個少用的戶頭存進去，怎樣都不動用。

另外，若真要旅行，得先存好出門的花銷，而不是動用這筆救助金。

二十八歲那年比較窮，我以基金理財方式存到了錢，然後在旅行之前獲利了結。再大一點，存錢成為一種習慣，我有個戶頭存的是旅遊基金，想出門的時候就能出門，那就是經濟自由。

再來是你怎麼看待你的工作。我不認為有什麼工作是「非我不可」，也不認為作為勞方，我們需要對資方多忠誠；所以，只要計畫好，我便可以把工作辭掉，而不會有什麼罣礙。

然而，如果你是那種非常需要這份工作肯定與認同的人，你不一定要辭掉工作，你可以跟老闆談談「留職停薪」——不要以為不可能，我二十八歲那年的工作，就是老闆給我這樣的福利。

最後，不要以為旅行以後就可以脫胎換骨，那是《西遊記》裡的情節，鮮少發生在真實世界。所有壯遊過的人都說，回來以後，自己沒感覺到有什麼不一樣。換句話說，旅行之後，你還是你，不會比較容易或不容易找工作；若找不到工作，那麼「急難救助金」就可以發揮效用。

歡迎每個人上路，但請記得，用自己的態度，而不是別人的方式。

至於沒什麼改變為什麼要旅行？親愛的，當你吃過松露大餐之後會覺得自己有什麼不同嗎？我想不會吧。但你從此知道，松露是什麼，並且知曉松露氣味永遠與你相伴，這樣就值得了。

／

My way，法國之路。

只要以聖地牙哥古鎮為終點，都是朝聖之路，而有幾條古道更是千百年不墜地引人上路。其中最平易近人、補給最豐沛、住宿最容易，堪稱「朝聖幼幼班」的，便是法國之路（Camino Francés）。

我有自知之明，選擇走上的，便是法國之路。

法國之路起點在法國南部小鎮 SJPP（Saint Jean Pied de Port），第一天便跨過邊境進入西班牙，全長約八百公里，會經過一百八十八個城鎮。

走上朝聖之路的朝聖者，可以選擇三種交通方式：徒步（至少一百公里）、騎單車（至少兩百公里），或是騎馬趕驟。完成朝聖之路後，可以得到聖雅各教堂所頒發的拉丁文證書（Compostela），此生告終時，據說罪孽可以減半。

如今，朝聖之路也成為一種標記與商機，以運動圍脖出名的品牌 Buff 就有出朝聖系列；我買了一條「法國之路」圍在身上，希望走起路來可以更輕快。

只是，圍脖的設計更改了方位，西方在上、東方在下，往左翻轉九十度，才是正確的方向。

我從東方出發，往西方取經；我不需要減半此生罪孽，只要時間給我一個答案。

／

從東區的家來回大直，練習走路超過十五公里，去拜訪好友美女畫家的家。

畫家夫妻是我的裝備老師，他們去年帶著升國中的女兒去抵喜瑪拉雅山裙湖泊區，絕對是畢生難忘的壯遊。一知道我要走朝聖之路，就慷慨出借所有配備，於是有了這場約會。

走進他們家，雅致客廳化身成為專賣店，有整理專長的先生鉅細靡遺地陳列所有我需要的物件，擅長說故事的太太再一樣一樣說予我聽，一切彷彿精品ＶＩＰ室會發生的情境，旅程上最貴重的Gore-Tex外套、防搶腰包、防水袋，都是他們借給我的。

沒有人是獨行者，背後都有無數支持的力量，才有上路行走的我。

／

第二次練習走路，從東區的家走到碧潭，坐車上花園新城，再坐車到大坪林，走路回家，一共走了約二十三公里。

這回，是上山拜訪神仙姊姊，她做義大利麵給我吃，還一起喝了拿鐵搭配古早味綠豆椪。

「我想拜託妳一件事，」我說：「把這條五色線綁在我手上。」

神仙姊姊是串珠藝術家，去年此時，她送我一條手珠，讓我愛不釋手。這回遠行，不好帶多餘物品，只好請她在我手上創作。

而這條五色線，是我的瑜伽老師參加了達賴喇嘛法會，為學生們祈請回來的，是一份殊勝的禮物。

神仙姊姊只愛美好事物，她加了長命鎖和二顆毯球，在一條線上用了結、勾針、金線和銀飾，完成我手上這件作品。看她創作，好像在聽王菲唱歌，簡單的旋律，卻用上各樣出神入化的技巧，別人仿傚不來的鬼斧神工。

五色線綁好了，平安符就在我的左手上，走得多遠，都有人罩。

／

打開冰箱，發現一盒今天到期的板豆腐。

燒一鍋水，放一段昆布，簡單做了一個湯豆腐；熱一碗飯，挾了自家醃蘿蔔，就在院子工程仍在繼續的嘈雜聲中，吃著午餐。

當初是想陪媽媽過母親節再出發，訂機票時便選了這一天。直到今天才發現，去年的今天，神仙姊姊送了我一串手珠；六年前的今天，我從瑜伽師資班中結訓了。

然後，昨天夜裡，朋友恰好翻到一張我帶領瑜伽課時發的梵唱講義，我們都想到了去當天使的朋友，而我正要飛往他的永恆之城。

冥冥之中，命運之手都安排好了。

／

「聖雅各之路」（El Camino de Santiago）是一條千年古道。傳說耶穌門徒聖雅各殉道之後，遺體不知流落何方，直到西元八一四年七月二十五日，一位修士在星星指引下，在「聖地牙哥康波斯特拉古城」（Santiago de Compostela）找到了。

從此以後，歐洲人前仆後繼從自家門口走到這座古城來朝聖，一如當年指引的星星在歐洲大陸上畫下軌跡，往同一個目的地前進。因此，扇貝成了這條路的標誌。

除了教徒，這條路上也有許多瑜伽練習者和光課習修者；據說這條路對應著天上的銀河，每走一步路，都有一顆星子綻放光芒。我，就是這樣走上這條路。

／

誰能讓時間變多又變長？

一個人旅行，就是答案。

沒有一定要履行的承諾，甚至沒有一定要洗澡吃飯刮鬍子，時光便長出了藤蔓，限定在異鄉。

想說話的時候才說話，想當哪一國的人隨你喜歡；什麼都不想？那就找個地方曬太陽。

／

出門之前，忽忽忙碌起來——剪掉頭髮、辦好被盜刷的信用卡、安排報稅和其他應付款項、監督家裡延宕的工程、確認所有行李與重量……

然後，還有每天想見的人、該完成的工作。

緊湊之間，也有許多美好穿插著。許多朋友捎來祝福，每個字句言語強而有力；許多禮物一一來到眼前，從平安符到小錢包，從掛耳包咖啡到防盜掛勾，從急救花精到聖木……

昨天教完放暑假前最後一堂瑜伽課，一個小朋友忽然出現眼前，他說不知道我還缺些什麼，所以想見個面，給予擁抱與支持。

非常非常感謝，我真的什麼也不缺了。而我也從這些支持和關心中，再次看到了自己的幸運，還有，小朋友長大了。

就要遠行，我比自己想像中還要放鬆，並且更安穩信靠，也更真心感謝一切的一切。

／

關於裝備，只有七公斤的配額。

「你怎麼還沒整理行李？」媽媽早上問我。

「整理好了。」我指了指背包。

「就這一袋？」媽媽驚慌了起來。「去那麼久，只帶這些？」

我點了點頭。

朝聖之路步行的每一刻，行李都在肩上，所有配備總重量最好不要超過體重十分之一。我的配額，就是七公斤；扣掉背包和睡袋，只剩五公斤。

原來，人生的必要物件沒有想像中繁瑣。

我的行囊及身上裝備如下：

登山背包、睡袋、背包外袋、帽子、雨衣、水壺、防水袋×2、筆、手工筆記本、各樣平安符、彩虹標誌、小石頭、聖木、隨手沖咖啡。

隨身腰包：護照、錢、信用卡×2、提款卡×2、iPad mini、手機、相機。

衣著：內褲×3、短袖排汗衫×2、發熱衣、禦寒背心、Gore-Tex外套、羊毛襪×3、壓力褲、短褲、泳褲、登山長褲、襯衫、背心、圍脖。

洗浴：掛鉤袋、手工皂+樂扣盒、牙刷、刮鬍刀、快乾毛巾、綿羊油、防曬乳。

藥品：分類袋、百靈油、急救花精、OK繃、維他命、助眠劑、耳塞、精油。

鞋：登山鞋、夾腳拖。

雜物：充電器×2、束帶、蘭花夾若干、塑膠袋若干、防盜掛勾、面紙、針線盒、指甲剪、頭燈。

／

這次坐的是土耳其航空，一個老派的飛行經歷。

多老派？廁所裡有新鮮花束、機艙內有廚師服務、餐具堅持用金屬製品、經濟艙也有過夜包……而且，一上機先給甜點，再送熱呼呼的棉毛巾，然後招待第一回飲料之後才送餐，還可以選手作檸檬汁；熄燈之前，一人一瓶礦泉水，工作站隨時有自取夜宵和酒水……

在在讓我想起，從前從前，剛開始飛行的好時光。

／

歐洲第一站，伊斯坦堡，其實也是老派航空公司的招待。

搭乘土耳其航空，只要轉機時間六小時以上、二十四小時以下，都可以免費申請過境旅館或市區半天與全天行程。

精打細算如我，延長了過境時間，參加全天行程，還省了百分之十的機票費用。

於是，我今天參觀了藍色清真寺、蘇菲大教堂、地下宮殿、伊斯蘭博物館、香料市場，還吃了二頓道地早餐和午餐，完全沒有花半毛錢。

伊斯坦堡地處歐亞交界，這裡也有許多交會並存的能量，特別是藍色清真寺和地下宮殿，我感受到溫柔而包容的力量。伊斯坦堡的飛鳥、街貓、街狗也生活得很閒適，一座城市是否良善，他們最知曉。

蘇菲大教堂有個許願洞，反手放進姆指，手掌貼牆，若能旋轉三百六十度，上帝承諾你的願望。

我把 iPad 交給過路的老媽媽，原本只是想拍紀念照，她鼓勵我許個願望。於是，我轉動時她一路記錄，最終旁邊還響起了掌聲。

是的，蘇菲大教堂允諾了我，朝聖之旅一路順遂平安。

／

二十八歲的陳慶祐：

你好，我是四十四歲的你。一直到今天，我都覺得你很勇敢，排除萬難，一個人在北美洲行走一百天，還遇上美國人的世紀創傷，九一一。你應該想知道，後來的你怎麼了吧？很遺憾的，後來的你沒有信守承諾，十年一次大旅行，頂多一個人出走十餘天；後來的你還是不能負重，始終沒有當成背包客，反而拖壞了幾只箱；後來的你甚至成為旅遊記者，坐過商務艙、住過獨幢villa，然後在不同的國度仰望天空，問自己：「這是我想要的生活？」看到這裡，你一定會想：未來的自己在懺悔了，早知道年輕時候應該更瘋狂才對。不過，我想跟你說，後來的你並沒有不自由，反而因為一份穩定的關係、一個美滿的家庭、一群支持的朋友，選擇停泊在台灣鄉間，起一爐火、燉一鍋湯，等待離人和過客。然後，風再次揚起，星星也都到齊了，你再次勇敢，揹起還不知道能不能承擔的背包，走上還不知道能不能完成的聖路。二十八歲的陳慶祐，我聽見你笑了，這樣很好，這十幾年來我們依然樂觀開朗，那便是旅行帶給我們最珍貴的禮物——世界這麼大，總有容身之處；宇宙這麼大，總有人愛我。這一回，我們一起上路，旅途上的歡喜悲傷便有人分擔了，你說好不好？

在路上

巴塞隆納

早安，巴塞隆納！

昨天午夜坐車進市區，關於這座城市扒搶的昭彰惡名不敢忘記，下了車便全副武裝、面無表情、低頭前行……

然後，一如往常地，迷路了。

城市微雨，舉目無親，幸好背包裡有設定好的電子地圖，看過平板電腦，細細收好，再次找到行進的勇氣！

然後，一如往常地，繼續迷路了……

只好把 iPad 拿出來，亮晃晃地行走。對，我就是觀光客，我就是路癡，那又怎樣？

承認了，一切就好辦了，訂好的青年旅館這就出現了。

早上起來，買了二個可頌，搭著熱咖啡和香蕉，坐在露台上，看著老婆婆慢條斯理整理她的春天。

巴塞隆納，初次見面，其實你根本沒那麼壞。

／我知道這是高第的城，但請原諒，我還是要先逛市場。

白蘆筍、大蔥、朝鮮薊……大廚好友啊，你怎麼不在身旁？

買了伊比利火腿、法國麵包、草莓和 Torres 粉紅酒，我在青年旅館單人房裡，吃起又樸素又奢華的晚餐。

／據說我抵達時，巴塞隆納已然下了整星期的雨；幸運的，陽光也從土耳其乘坐飛機來了，那就認真看高第吧。

米拉之家，這屋頂根本不在地球上，應該通過彩虹橋去了異次元吧。高第頷首，為帶去地球的一切感到滿意。

巴塞隆納和高第成全了彼此，好似希臘羅馬神話故事裡城市與守護神的不朽傳奇。

／「巴塞隆納 Barcelona」這個名字，據說隱藏了三樣本地人最引以為傲的特產——酒吧（bar）多、天空（cel）藍、波浪（ona）就在左近。

所以，我便出門去看海。

還是五月天，海灘已經都是人了，許多人拿了書、帶了酒，打算廝混一整天。

這裡的海灘有太多得打馬賽克的畫面——曬木瓜的、烘鳥蛋的、烤熱狗的，還有幾位全身光溜溜走過我身旁。

這樣很好，這樣好天然，至少在這裡長大的孩子，不會為身體而羞赧。

／

我在巴塞隆納住的是Central Garden Hostel，因為地點很好，而且有廚房可以煮食。訂房時，看見他們網站上寫著：「五十歲以上，『需』預定私人房或整間宿舍房。」OK，我相信這不是年齡歧視，而是想讓年輕人可以便宜入住；加上我也奔向五十，又不愛與人同房，便預約了一個單人房。

入住之後，被接待人員熱情款待，先有個全城簡報，說明景點、交通、超市、餐廳，然後認識環境，才帶入房間；旅館還有露台，讓我可以窩著看看書上網。

不過，我真的年紀大了些，接待人員想為我找景點優惠時，聽到年齡往往倒抽一口氣；加上輕薄床墊對於調時差的人來說，不十分容易划向夢鄉。

好啦，還有啦，當我看到年輕人煮些什麼當飯吃之後，就不好意思買白蘆筍和海鮮回來了……

對了，接待我的是夏娃和加百列。夏娃好似地母，來自德國，剛毅的輪廓和線條；加百列宛如金童，來自阿根廷，笑起來天都亮了。

這兩個人與其名，便是天啟。

／

上網預定聖家堂參觀時，刻意選了十三號黑色星期五，就讓耶穌的歸耶穌、猶大的歸猶大，誰敢說自己完全沒有罪？

而這座教堂，不負所望的壯觀與高密度；看完此處，整天容不下其他景點。最令我感動的，是高第知道自己不可能獨立完成建造，除了集合那個時代最好的工匠，他還留些空白給後代——古典的誕生立面與簡潔的受難立面之外，榮耀立面便是高第留下的畫布，也是我最期待的。

我確實喜歡誕生立面細緻的紋理，猶如米開朗基羅的雕塑，鉅細靡遺；但出乎自己意料之外的，我更喜歡現代感十足的受難立面，人生大抵都是繁華落盡，這樣的悲傷剛剛好。

聖家堂是獻給耶穌的聖家族，而高第以降的參與者也是一個聖家族；再加上高第栩栩刻畫的森林和生物、娓娓訴說的故事和圖騰、細細計算的科學和材質，這幢建築也是一艘諾亞方舟吧，記載西元以來所有的喜怒哀樂，體現地球就是一個聖家族。

「Mayday！Mayday！」穹頂之外，有沒有回音？

／

不當旅遊記者之後，我鮮少記錄吃食——畢竟食物和成名一樣，要趁早才痛快。加上我有不少素食朋友，實在擔心玷汙了別人的清白。

可這一回，媽媽心心念念怕我吃不好，加上她是最大贊助商，我就努力吃、拚命拍。

老早決定好第一碟 tapas 留給蒜油蝦，因為行前看資料就不斷被擊潰。有回還厚著臉皮央求要到鄉下家的好友，幫忙買蒜頭和蝦仁，讓我試做；後來還一起去台北餐廳試吃，嘗嘗味道。

然而，這都只是東施效顰，這一碟完全是另一個層次的表演——人家可是橄欖油的世界第一大國、歐盟數一數二的糧倉，更有海鮮直送的港口，沒有「硼砂」這種要死不活的添加。

說是蒜油，其實是幾分浸炸，新鮮蝦仁於是有了彈牙的殼，加上橄欖油的深邃和乾辣椒的醒腦，還有新鮮百里香的提味，一定要點番茄抹麵包好沾油入口。

／

做為我調時差、練走路、試水土的中繼站，巴塞隆納十分合身——恰當的尺寸、恰當的平坦、恰當的消費、恰當的精采。

沒想要一網打盡什麼，每天起床才順隨心走，高第仔細看了三幢、博物館一座就好、tapas 沒有少吃、酒確實喝多了。而此城也待我不薄，有晴有雨，也有各樣戀人手牽著手。

匆匆數日，感覺巴塞隆納人不是很快樂，或許是因為（和台灣一樣）關於認同，或許是因為（和全球一樣）世道不好。不過走到哪兒都是呆頭呆腦的觀光客，若我是本地人也會很想發火吧。

旅途上的道別，往往將來不見大於再相會。但這也不是什麼憾事，否則哪來那麼多幸運邂逅新人笑，不是嗎？

巴塞隆納，再會。

／

離家一星期，一早輾轉坐了九小時巴士越過國界，終於抵達我的朝聖之路起點，法國小鎮 Saint Jean Pied de Port。

這位女士在紙上找不到我的國籍，「T-A-I-W-A-N」，我一個字母、一個字母拼給她寫下，做為朝聖者國籍分析和記錄；然後，她在我的朝聖護照上蓋上第一個章。

「碰！」

／

從現在開始，我就是正式朝聖者了。這一刻，好酷好感動。

Saint Jean Pied de Port，古意而精巧的小鎮，嵌在叢山峻嶺之間，還有小河流淌。千百年來朝聖者穿過內有聖雅各、外有聖母護持的老城牆，踏過河上的古橋，走上朝聖之路。

我也將從這裡面對自己的挑戰——晚上住在六人同房的庇護所，明天展開給朝聖者下馬威的魔鬼第一天，向上爬升一千四百公尺的庇底牛斯山，越過邊境行走二十五公里，加上攀爬共三十二公里，然後重返西班牙。

結果會如何呢？此刻的我也等著謎底揭曉。

二〇一六年五月十六日清晨六點五十五分，我走上自己的朝聖之路。

法國之路第一天，魔王一般的挑戰，可風景如畫，捨不得累。

Camino 1.1

SJPP → Roncesvalles 25.1 km（Adjusted for climb 32.0 km）

是的，我通過法國之路第一天的挑戰了。

清晨六點五十五分，走過聖雅各的守護老城牆，踏上朝聖之路。氣溫七度，到了山頂還有積雪，加上不由自主的鼻水，應該低於三度。

天一破口，照出光芒，美到把我看呆了。然後才知道那是甜頭，接著山上起大霧，加上我一個人走，往往前後都沒人；特別是最後一段，我沒有跟隨前行者，而是相信地圖地轉了一個神奇的彎，之後，天地之間只餘下我。

面對無止盡的陡升和險降也會歎氣，就專心想著：把吸氣奉獻給吐氣，把吐氣奉獻給吸氣；把上坡奉獻給前彎，把下坡給後彎。

就這樣，沿途瑜伽，我在下午二時半抵達了Roncesvallea，加上吃早餐、午餐和拍照，二十五公里花了七點五個小時，還算合格的速度。

有趣的是，路上想起一些人，有網路之後，也知道他們想起了我，這條路好神奇！

關於登山杖

好友夫妻原本要借我高品質登山杖，因為奇特的轉機行程讓我不想託運行李，而登山杖又不能上飛機，只好作罷。

那麼，朝聖之路是否需要登山杖呢？八成以上朝聖者會使用。而我也在老天爺眷顧下，有兩根長短恰恰好的木杖相隨。

昨天去看運動用品店時，一位店員還為我上了一課。她說使用這樣的輔具，就是用手的力量幫助腳，讓膝蓋和骨盤比較不累，而且全身可以運動到。

瑜伽的說法，就是主動邀請上半身參與下半身的步行。所以，兩根杖絕對好過於只使用身體一側。

登山杖長度要與平行於地面的上臂到地上等長，最好往後腳跟傾斜，手臂一推，順勢向前邁步，確實比較好走，心輪也會更敞開。

我很感恩兩根木杖，好走一點之後想把它們送還天地或再留給更合適的人，「Less is more」絕對是朝聖路上至理名言。

希望我能明瞭，人生亦然。

Camino 1.2
Roncesvalles

今晚入住的庇護所，附屬在 Roncesvalles 大教堂。四人一個小空間的設備，被評為是朝聖之路的五星級。

洗過衣服、吃過晚餐之後，我到大教堂望彌撒，為這兩天過生日的兩位好友祈福。

這其實是我第一次望彌撒，根本不懂程序，而且還是說西班牙語。可最後神父請朝聖者到祭壇之前為大家祈福，整個教堂暗去，只有聖母閃著光，我還是感動到想落淚。

離去之前，神父和我們握手，問：「你從哪裡來？」

我來自台灣，而且和你一樣，屬於這個地球。

農夫在我出發前老愛質疑：「你很奇怪，就喜歡去和你信仰不同的地方。」

念在他贊助所有裝備，而且從不過問價格的分上，我沒有辯駁什麼。事實上，我走朝聖之路、上清真寺，就是因為我相信世上不只有一個神，祂們都是為了救贖凡人而來。當你有了信仰，便是有了光，多黑的地方都不再害怕了。

而我的信仰，便是包容所有的信仰，並且相信，所有的神都會包容我、守護我。

只要我夠良善。

Camino 2.1

Roncesvalles → Zubiri 21.8k km

教堂庇護所的義工準時六點唱詩歌，喚醒所有朝聖者，提醒大家七點吃過早餐，就要準備出發了。

早上和一位瑞士老先生坐在一起，他從家門口啟程朝聖，至今兩個月了，預計再一個月才能完成這趟朝聖之旅。

「這裡的山色很像台灣，不是嗎？」他突然說到。

這是真的，我也覺得十分眼熟，好像新竹尖石，轉個幾個彎，我便能回到家了。

「我沒去過台灣，只看過照片，而有這樣的感覺。」

又是一則訊息，提醒我家在不遠的地方。

出發的時候，雲朵亮了，路還暗著，溫度和陽光都好適合遠走，加上全程以森林居多，我輕輕鬆鬆花了五點五個小時走完。應該是昨天的魔鬼訓練有了作用，相較之下，今天彷彿只是去郊外踏青。所以受苦要趁早啊，年輕朋友，這樣年紀大了以後才沒有什麼可以難倒。

Camino 2.2

Allergies Rio Arga Ibaia, Zubiri

其實大部分朝聖者都會走到五公里外的下一鎮，這是官方朝聖之路的建議。但我決定停留在此鎮，因為希望明天可以一訪轉車之城，以奔牛節聞名於世的Pamplona。

下午一點就完成今日路程，著實早於其他朝聖者，那意味著我擁有絕佳選擇權，可以決定自己想住在小鎮的哪個庇護所。只是。我走進Zubiri，就被老橋流水給吸引，加上過了橋有個大男孩帶著兩個可愛到不行的大狗坐在路邊，而他恰好是這個庇護所的工作人員。

帶狗的人一定是好人。我偏執地相信。再加上這間庇護所就在老橋小河邊上，還四人一房（昨天是七十六人同房），而且提供廚房、早餐、毛巾和毛毯，不正是我期待的？

事實證明，我的決定很完美，在我之後不久，這間小巧的庇護所全滿了；再一會兒，這個小鎮也滿了……

那麼，就來做晚餐吧！去了一趟當地人的食材店，洗洗切切、熱鍋烤麵包，然後就有了陽台上的晚餐。過橋進鎮的朝聖者紛紛舉頭看我，不好意思啊，我也覺得挺香的。

奶油煎白蘆筍是主菜，火腿起司牛排是配菜，烤麵包佐鴨肝醬是小菜，粉紅地酒是前菜。至於那碗湯……身為刀工不好、廚房不熟悉的旅人，便把掰不斷的白蘆筍拿來煮水，精打細算又營養滿點！酒足飯飽之後，去河邊泡腳，草地上和大樹邊做幾次拜日式和手倒立（老師對不起，我吃飽喝酒還做倒立……），然後給自己一段靜坐冥想。靜默之中，聽見銅鈴響，張開眼睛，兩匹馬走到河邊飲水。是的，我不是歸人，只是過客。

這一刻好美。如果可以，還請點一首張雨生的歌，〈我期待〉，請播獨唱版，謝謝。

朝聖之路第三天，古道在此與文明相逢，景色竟有幾分像我鄉下的家向縱谷那端眺望。

Camino 3.1

Zubiri → Pamplona 21.1 km

昨天晚上兩腿開始有了僵固感，這樣很好，走過的路在身上留下記錄，而不是無影無蹤。替自己好好按摩，還多拿了個枕頭打算夜裡抬腳。

只是熄燈之後，同房二位大哥用自以為的氣音轟轟烈烈交談；說好要睡的下一秒，其中一位又以一種火車進站方式酣鳴……

想去拿老師致贈的蠟耳塞，又怕打擾下鋪的澳大利亞女孩，只能集中意識放鬆自己、催眠自己……

可還是天沒亮就無法忍耐了。吃了早餐，早上六時半便上路，路上還空空如也。我愛這樣的空曠，只是沒了前行者，我陷入常態性的迷路，卻也這樣遇見了好多狗，還有和 Brownie 一樣的邊界牧羊犬。

朝聖之路向西走，大部分時候只會看到別人的背影，但這位大男孩帶著狗迎面而來。

「這是你的狗？你帶著他走上朝聖之路？」

男孩告訴我，他原本要走完全程的，但走了六百公里後，在一片森林裡撿到這個三個月大的小狗，小狗走不快，他決定不走了，先帶小狗回德國。

我們交談的時候，小狗賴坐地上，眼神好無辜，對每個經過的人搖著尾巴，是個友善的孩子；但只有看向男孩時，流露完全的撒嬌和信任，他知道，男孩是他的恩人。

「沒有走完全程，會不會失望？」我問。

「我可以明年再來。或許 Baloo 那時候很能走了，我再帶他回來！」

親愛的男孩，你的心好美，走到哪裡，都在朝聖！

Camino 3.2

El Camino Alojamiento, Pomplona

就在今天，我遭遇此趟旅遊甚或所有旅行中，最糟糕的一次住宿經驗。

昨晚不好成眠，我決定今晚招待自己住旅館，訂了以 Camino 為名的旅店單人房間。

Check in 之後發現窗戶壞了，房間空氣不好，找了會說英文的主廚去反應，他誠摯地回覆我：「老闆說他剛剛才知道，已經找人來修了。」

一小時之後，沒有回音，我再次反應，主廚很抱歉，老闆說修理的人一直沒來，主廚招待我一杯咖啡，就要去午休了，並說希望他七點回來時一切都解決了。

好吧，我喝了咖啡，去遊覽這七月奔牛節將沸沸湯湯的城，如今因為午休沉沉入睡，只有觀光客在活動。

返回旅店五點了，窗戶依然不能開。等到老闆醒過來，我也火大了，要求換房間。

「你說什麼我聽不懂啦，不然你說西班牙話啊！」老闆態度非常差，大概意思就是這樣。「房間？一、二、三、四……全有人了，怎麼還有房間？」

那一刻，我懂他在玩什麼把戲了。窗戶絕對不是剛剛才壞，修理的人也永遠不會來。

「你好樣的。」我給了他一個大姆指。

然後先回房間梳洗，換下遊民一樣的朝聖裝扮，穿上襯衫和長褲，綁好頭髮，再次下樓。

我就站在大門口，文質彬彬才能殺氣騰騰，開始面無表情地拍照和錄影，然後直接坐在地上上網，打開各大旅遊網站。

店員慌了，趕緊叫老闆來，我不疾不徐地說：「我會將我的遭遇和你的態度讓更多人知道，畢竟你毀了我的假期，不是嗎？」

一位鄰居來幫忙翻譯，說十點老闆會給我換房；過一會兒又說，八點就換。

「為什麼我要等？那我就坐在這裡，叫所有人不要走進這家全世界最糟的店，讓這座城市因此蒙羞！」

很抱歉，你欺負錯人了，本人什麼沒有，壞脾氣從沒少過，這種場面沒在怕的啦！

不一會兒，老闆走出來了，面對我的鏡頭和顏悅色，換了有窗戶和浴缸的雙人房，還主動替我拿行李送進新房間裡。

「早知如此，何必當初呢？」但這句英文太難，我不會。

然後呢？才不要為這種鳥事、鳥人壞了興致。我做了半小時瑜伽，等七點主廚來了，告訴他所有細節，因為我知道他是好人，真心為我抱屈。

「其實我也要離開這裡了，老闆大有問題。」他說。

然後我找了全城最好的 tapas 餐廳，點了三碟加一杯紅酒，一個人開心快樂。準備離開的時候，背後有人拍了拍我。

記得那個說 Roncesvalles 山色像台灣的瑞士老先生嗎？他竟然出現，一如天使，堅持再請我喝啤酒、吃 tapas，我們在人擠人的酒吧裡落座，聊了許許多多。

「這一路上，你將遇到不同的人，告訴你不同的話語，仔細聆聽，都是訊息。」他說。

是的，這世界不一定要對我們好，除非我們先尊重自己；這世界也不一定總讓我們失落，除非我們自己先放棄快樂。

說到底，這世界的好與不好，都是我們和自己的關係罷了。

現在，我正在雙人房裡用熱水泡腳，然後開始上網看資料。

沒錯，我的朝聖之旅只規畫了三天，後面全部且戰且走。什麼旅館？什麼老闆？我不記得了。

Camino 4.1

Pamplona → Puente LA Renia 24.1 km

一個人睡好幸福，然後就賴床了。早上起來再次泡腳後，八點才整裝出發，又被剛出爐的可頌勾引，喝了咖啡上了路，已經八點半了。

這是大部分朝聖者出發時間，路上已經人來人往。我一個人往前走，想著昨晚和瑞士老先生的對話。

他是 Alex，六十五歲，練了十年太極，一個人走上朝聖之路，因為老婆說路太遠，她還是留在家就好。

「我正在搭一座橋，」Alex 說：「從有工作，通往不工作。」

他退休了，不知道要做些什麼，就從家門口上路，打算一路走過聖地牙哥，走向大海。

我說我也一樣，把工作放下了，想知道人生還可以有些什麼。

「最少兩、三週，」他說：「要走上兩、三週，然後，答案才會出現。」

他和我一樣，挑了飯店住一晚放鬆。我跟他說了旅館鳥事，他笑了笑。

「所以進入一個地方，要先感覺一下能量；能量對了，才做出選擇。」

至於他為何出現在和我一樣的酒吧？他在 Roncesvalles 請一個二十二歲年輕人喝啤酒，年輕人說他曾在這酒吧工作過，這是 Pamplona 最好的 tapas 餐廳。

然後，Alex 就來了，並說了那句話：

「這一路上，你將遇到不同的人，告訴你不同的話語，仔細聆聽，都是訊息。」

他應該就是書上的蘇格拉底吧，要來喚醒我的。

昨晚分開之前，我問他：「我們還會見面嗎？」

「或許不會，或許，就在Alto del Perdon。」

他說「Perdon」就是「原諒」的意思，那裡是個山巔，有一排朝聖者雕塑，是個饒恕之丘。

可今早我啟程甚晚，應該是和他錯過了。

我走過一個小教堂，走上饒恕之丘，問問自己，想原諒誰？放過誰嗎？

「往昔所造諸惡業，皆由無始貪嗔癡，從身語意之所生，一切我今皆懺悔。」

我在心中唱頌，懺悔業過。我沒資格怪罪別人什麼，只求一切罪孽可以被寬恕，可以遠離因果。

然後，一回頭，我和蘇格拉底重相逢。

後來的路，我們同行，也不是並肩說話的那種。有時我在前面，聽他哼著：「Where have all flowers gone……」有時他在前方，我抬眼就看見他頭上的紳士帽。

就這樣，我們下午三點走到目的地，我說他比較能感覺能量，要他挑個庇護所，我們就一起走上山，來到一個遺世獨立的地方。

「你怎麼會看台灣照片、了解台灣山色？」我問。

「我本來在研究台灣自行車環島，因為我練的太極來自台灣。後來看到這條朝聖之路，我就來了。」

若不是這裡，或許，蘇格拉底，我們今生也會在台灣某個轉角久別重逢了。

Camino 4.2

Santiago Apostol Albergue, Puente La Reina

Puente La Reina 是兩條朝聖之路交會之處，所以比其他小鎮熱鬧許多；鎮上有兩座教堂、好多酒吧、幾間學校，還有一座千年石橋。

然而，這都不在我們左近，因為蘇格拉底挑的庇護所，在鎮外小山丘上。走了一整天的朝聖者，上山之後真的就很不想走下去了。因此，這間偌大庇護所今晚只住了十個朝聖者。

大家一起吃晚餐時，蘇格拉底一邊和別人說法文，一邊翻譯給我聽。

「他們在說，若是挑其他庇護所，現在就可以上教堂冥想了。」

「沒所謂，我覺得這裡挺好的。」我說。

朝聖者日出而息，每天用兩腿努力走，往往午餐之後就會決定停哪個鎮，在哪裡過夜。然後洗澡、洗衣服，上網或聊天，吃過晚餐，太陽下山就準備就寢了。生活簡單到只有「行走」和「休息」兩個選項。

當然，也有朝聖者是來交朋友的，而我不是，會與我靠近的也不是想狂歡的那一種吧？

那麼這小山丘剛剛好，方圓幾里只有這幢建築，其他都是草原、大樹、天空和雲朵，一會兒就可以安靜躺下了。

真好，我不再計畫旅程了，頂多前一晚看幾頁資料；行走時候，想看教堂才進去，其他景點除非就在路上，否則咱們無緣。畢竟我是來走路，不是來觀光的。

關於未來，計畫少一點，便不會有失望的墜落。

關於庇護所

庇護所（Albergue）從古至今，都是朝聖之路對於朝聖者的款待。大房間裡放了雙層床，讓領有朝聖護照的朝聖者可以簡單睡一晚，第二天繼續走路。

我想，一開始一定是教堂的善意，後來私人開始投入，就成了一門生意了。

目前我住過的庇護所每晚十到十七歐元，最少四人同房，最多七十六人。聽說有公營庇護所每晚十歐元以下，但人與人的距離就會十分緊密。

另外，朝聖者要自備睡袋，庇護所通常只提供床鋪和枕頭。

我自己偏好挑木製上下鋪，覺得聲音比較小、質感比較好；而金屬製的那種，總讓我想起成功嶺上的受難生活……

Camino 5.1

Puente La Reina → Lorca 14.5 km

不到十一點，第一次走進 bar 吃午飯，之前都在森林裡野餐。

清晨七點半，吃過早餐之後，我主動和蘇格拉底道別了。他很好，開始教我認識植物：這是杏仁、油菜籽……但我還是覺得應該一個人上路。

從小我就是怕落單的孩子。每每進入一個團體，雖不積極，卻也被動地期盼交幾個知心好友；或有甚者，我會為了特定對象彎曲了自己，讓對方得以恣意生長。

那透露著：我不信任自己是完整、完美、完全的，所以才怕寂寞。

可這一回，我想勇於成為我所害怕的——一個人走、拿兩根木杖划行、裝扮日日不變、清晨競走對抗低溫、晚餐桌上不說話只吃飯……

我想看看，這些從前害怕的會長成什麼？

於是我在迷路時，遇到一個牽狗的男人告訴我：「順著河流走，終點就在那裡了。」美妙一如阿妹的歌。

於是我在缺水時，遇到一個農人領我回家，用他灌溉的水替我裝滿水壺，還拿出他的烏龜（是真的烏龜喔）炫耀，有趣一如繪本和詩。

所以，蘇格拉底，我得和你道別，繼續一個人走。

「蘇格拉底」這名字，來自《深夜加油站遇見蘇格拉底》這本書。書中，蘇格拉底教授了身心靈的一切之後，說出最後一課，被我奉為圭臬——

「快樂，是最終的戒律。」

所以，如果你就是蘇格拉底，你會明瞭為什麼我要這麼做。

不過，蘇格拉底和我預計停在同一個小鎮，我們都相信，傍晚會在同一條街上重逢的。

Camino 5.2

Lorca → Estella 8.4 km（全日 21.9 km）

吃完午餐，一走出來，遇到另一個台灣女孩。

我在 Roncesvalles 遇到過同胞，那天見到一位，直到今天才見到第二位，然後知道她們旅行之前原本不相識，在網路上結伴同行的。女孩訂機票之前，不知道朝聖之路，並且帶著行李箱隨行，所以需要寄送行李。但她挺喜歡這樣的步行，說起任何事都懷抱善意。

「我唯一不習慣的只有睡覺時有人打呼，不是我上舖，就是在我附近。」她說：「不過，這樣我就知道原來有這麼多種呼聲。」

我們一起走了一段路，我注意到她背包上那只完美無瑕的貝殼，然後在這座老橋說了再見，女孩和同伴今天就要結束朝聖之行了。自此之後，我更懂得「停車暫借問，或恐是同鄉」的忐忑。

那麼，蘇格拉底和我，究竟有沒有在下個小鎮、同一條街上重逢呢？

答案是：「沒有。」

人世間的事，真的不是誰說了就算。

不過，就在我走過老橋下一秒，聽見有人大叫我，而且伴隨瑞士黑狗兄的口哨聲。一回頭，看見一個老人跳在半空中，成一個「大」字。

於是蘇格拉底和我提早一個小鎮相遇，他沿途教我唱朝聖者之歌，我們在下午兩點半走到目的地。

好吧，你可能真的是蘇格拉底了。

Camino 5.3
Albergue de los Capuchinoe-Rocamador, Estella

今晚，蘇格拉底挑了一個小教堂附屬的庇護所，我則因為備有廚房而開心起來。

洗過澡、洗過衣服之後，我跟蘇格拉底說，我要去一趟超市。

「我非常愛逛市場，那會讓我瞭解，這是怎樣的地方。」我說。

然後，我做出自己的晚餐——一公斤淡菜（但真的吃不完）、五根地產白蘆筍、一瓶地產氣泡酒。不好意思，懶得再用一個煎鍋，且讓我一鍋到底吧。這一餐依然歐洲限定，只要六歐。

晚餐我一個人吃，蘇格拉底和其他朝聖者往鎮中心去了。還留在庇護所的朝聖者紛紛經過了我，他們說，我的晚餐已被傳開了，然後紛紛給我一個讚……

就在要結束晚餐之際，一個我之前分享氣泡酒的女人走向我，有些神經質，說起話來聲音細細的；她說她叫Teresa，來自愛爾蘭，住在西班牙南部海岸，一個人上路的朝聖者。

「你明晚要住哪裡？」她突然問道：「我會住在Casa de la Abuela。」

那是哪裡？又是什麼？

「那是你外婆的家。」她說。

雞皮疙瘩爬滿我全身。

「我外婆剛過世了。」

「想哭嗎？」她握住我的手。「你外婆在跟你說：『哈囉。』」

我不知道這是怎麼一回事？她喝多了？還是我喝多了？但這一刻，我知道，外婆在我身邊。

親愛的外婆，妳好嗎？我很好，和妳在一起。

Camino 6.1

Estella → Luguin 10.1 km

早上和蘇格拉底說再見，約好傍晚再相會。

今天的路分為兩條，陡峭古道或平坦新路；我選了前者，他挑了後者。說好在各自山頂拍張照，晚上再交換。

路途中會經過我超級期待的紅酒噴泉——一個酒莊對於朝聖者的款待。不過，不知道是因為太早還是週末，噴泉噴不出紅酒……

算了，這年頭自己買花戴、自己買酒喝，好過於仰望別人給予什麼！

十點停下來歇腿，吃了西班牙蛋捲和一杯拿鐵，休息半小時再上路。我所選擇的這條古道，人少景闊，不知道蘇格拉底那一條又是什麼？

人生每瞬都可以做出選擇，下好離手，都是最好的安排。

Camino 6.2

Luguin → Los Arcos 11 km（全日 21.1 km）

一路上，我拍了許許多多背影，總覺得那比臉更誠實。

看到這把背上吉他，我驚呆了。是怎樣的人會揹一把吉他上路，真的願意為音樂負重這麼多？

我趕上前，問問這個愛荷華來的長髮年輕人。

「為何是吉他？我不知道……」他露出潔白的牙。「想彈吧。」

也在這條路上，我遇到另一個來自美國的女士，Emily。喔，不，她說她來自加州國。

「你為何來朝聖之路？」她問。

「我不知道，我想這條路會告訴我。」我問：「那妳呢？」

女士說，她最親近的妹妹剛過世，她迷失了，然後想起兩年前走過的三天朝聖之路，決定帶著對妹妹的思念上路。

我握了握 Emily 的手，我能體會妳的感受。她看著我的眼睛，微微紅潤了。

「我想，這條路會帶領我回到中心。」Emily 說。

會的，會的，我們上了路，答案就不遠了。

下午一點走到目的地，今天確實有小小進步，值得喜悅。

Camino 6.3
Pension Los Arcos

今天晚上，蘇格拉底和我住在民宿裡，正式成為室友，還可以有自己的衛浴，安穩許多。

比如說現在，他在寫日記，我在寫臉書，空氣中飄著寧靜，確實比住庇護所舒適。

晚餐之前，我們一起去看一個教堂，雕塑已經夠富麗堂皇，壁畫更是美侖美奐，我看得瞠目結舌。特別是神父冥想靜心的廊道，我獨自走了三圈，想著路上遇到的每一個人，殊勝的緣分啊。

行走六十六天，蘇格拉底的左小腿發炎，妻子寄給他消炎藥名，要他去買來吃。

「所有疾病始於我們的腦，」蘇格拉底說：「我想在我的意識後方，一定有些什麼不純粹的想法，比如說，『我不相信朝聖之路會這麼舒服……』然後，我就有了病的小腿。」

Wow，好睿智而準確。清理自己的意識，確實是極為重要的事。

而這個摩登民宿老闆，是一九八九年出生的大男孩，大學念完建築之後找不到建築師工作，乾脆做起生意。

「西班牙經濟不好，根本沒有人要蓋房子，」他告訴我：「我開民宿賺錢，還可以練習英文，將來要去別的國家蓋房子。」

我想告訴他，我在台灣的建築師朋友也有一樣的處境，但是，我被他的名字嚇了一跳。

他叫：荷西。

我知道這是很常見的西班牙男人名，但對我來說，這就是屬於三毛的；而我對於愛情和旅行最初的想望，便是三毛給予的。

三毛的歌詞，〈曉夢蝴蝶〉：「愛情不是我永恆的信仰，只等待、等待，時間給我一切的答案。」

如今，我的旅程有了蘇格拉底，有了荷西，三毛應該不遠了吧？

Camino 7.1

Los Arcos → Viana 18.6 km

清晨四點多被雨聲吵醒，迷茫之間，心中先起了一個驚歎號。

今天行程很硬，二十八點六公里，卻在出門之前，發現右大腳球生了一個水泡。還沒拿出針線盒，蘇格拉底就拿了藥用貼布給我，早上六點半開始走路，雨恰好歇了。

甫出門，遇到一群可愛的樹，一路上我都很愛，仔細看，他們會在半空中結連理！

再來是無止盡的路和無止盡的有感腳步。從第三天開始，我左腳中指就烏青了，看起來其實有點可愛，像不斷在比中指罵天嗆地。

我知道自己是 S 形脊椎側彎，右肩、左腰、左腳支撐身體。但我不知道，原來 S 側彎的尾端在左腳中指，又上了一課。

一路上其實有雨有風，拿出貓臉妹妹致贈的雨衣和蘇格拉底借我的腳套穿穿脫脫。我問自己：為什麼怕下雨？那不也是自然的一部分？

如果我們認為雨是髒汙的、生命是疼痛的、死亡是殘酷的，那拿到髒汙、疼痛和殘酷這三張牌，不也

是求仁得仁？

所以我在雨中開心地笑了，雨很好，沒有雨，如何滋養大地？

抬頭看見我要來的這個小鎮有著朗朗晴空，十一點走進來休息一小時午餐，然後繼續前行。

Camino 7.2

Viana → Logroño 10 km（全日 28.6 km）

中午以後繼續忽晴忽雨，朝聖者在雨霧中前進。只是，這樣的行進不太能說話，甚至穿上雨衣之後，都認不清誰是誰了。

我在找一個小男生的背影，他似乎沒有雨衣，讓人有些擔心。他來自韓國，十九歲，神奇的是，他姓我媽媽的姓（Yang，讀音「楊」），名我舅舅的名（Tae Bin，讀音「太平」）。

太平在當兵之前要一個人旅行一百天，最後竟然會到台灣。他說他父母三年前走過朝聖之路，推薦他來走走。

我們在 Roncesvalles 一起晚餐，我替他倒酒，他十分惶恐；每次舉起酒杯，還會望我一望。唉，我又不是韓國人，沒在遵守什麼長幼的啦。

太平第一天吃足苦頭，十五公斤行李，他說他腳生病了。

「你這雙登山鞋穿多久？」我問。

「今天第一天……」

天啊，也太疏忽了吧。後來，太平和韓國同胞走在一起，我想會有人照顧他的。

他讓我想起巴塞隆納青年旅館的加百列，都是不染塵的長相。

加百列二十三歲，去年十月買了機票離開阿根廷，希望可以環遊世界愈久愈好。他在巴塞隆納郊區找到一個月三百歐的房子，然後日日進城到青年旅館工作。

「我放棄回程機票了，」加百列告訴我：「存夠了錢，我就去更遠的地方。」

台灣也愈來愈多這樣的年輕人，這樣很好，視野遼闊，好過於目光如豆。

至於這位晴雨中為我指路的蘇格拉底，希望我六十五歲也能像他，揹起行囊四處為家。

「你擔心自己的七十歲嗎？」

「如果健康的話，七十歲也挺值得期待的。」

真好，有人這樣說，我們都不要怕老了。

下午兩點半抵達目的地，很不錯。

Camino 7.3
Pension Entrevines, Logroño

話說蘇拉底與我繼續民宿室友的合作關係，今晚我找了一家網路評價很不錯的地方，沒想到，竟然就在市中心，周圍環繞著一百家以上的 tapas bar。

是的，你沒看錯，一百家。此城是 La Rioja 首府，而 La Rioja 又是西班牙紅酒最重要產區，真是兵家必爭之地。

所以今晚，蘇格拉底和我聯手去串吧。

真的很難想像這是怎樣的飲食文化，每家 tapas 大同小異，也都有向外得來速，客人吃一碟、喝一杯，然後轉下一家。就好像我們的夜市一樣，愈晚愈美麗、愈擁擠愈有人氣，加上彼此哄抬的集市效應，小巷裡滿是人潮。

而酒足飯飽的我只想到一件事：明天要走三十公里，不知道會怎麼樣啊……

Camino 8.1

Logroño → Nevaretta 12.7 km

這是一個美好的早晨。早上六點出門，風很輕、雲很柔、天空很美麗。

因為水泡無法疾行，反而更能欣賞沿途風景——池塘、酒莊、葡萄園。不過，出門太早加上昨天星期日無法補給食物，早上只能吃剩下的一小段麵包和起司，一路上好餓……

如果可以出現便利店該多好？或是來一杯手沖咖啡？或是阿蘭便當也可以……

就在思緒陷入海市蜃樓之際，這海格一樣的男人出現了，他在小亭子擺滿水果和紀念品，朝聖者拿自己需要的，任意捐款。而且，他還有自己的章，蓋完章還會用他大大的手，替我畫上小小的、繁複的箭頭。

謝謝海格，讓我有香蕉和蘋果派可以吃。

九點進小鎮，終於有咖啡喝了，休息半小時再上路！

朝聖之路第八天，天空飛翔著天使的翅膀。真好，走到哪裡，都有人罩。

Camino 8.2

Nevaretta → Najera 17.4 km（本日全程 30.1 km）

下午繼續美好著，一點半就走到目的地，還遇到好多有趣的人，比如這位。

我正在想著自己的木杖愈走愈短、該如何是好時，就被這位型男手上的木杖給吸引。

「你手作的？」我問。

「是啊，這是第二根，之前那根掉在麵包店了。」他說：「從上到下是我走過國家的國旗。我來自荷蘭，經過比利時、法國，進入西班牙。」

他告訴老闆他要走朝聖之路，老闆給他四週長假，他說不夠，因為他是虔誠的信徒，要從自家門口出發，所以要請假四個月。

「我跟老闆說，你可以說『不』，那我就可以更自由地走。」

老闆只能先搖搖頭，再點點頭。他開始揹起營帳出發，至今走了七十七天，夜裡雕刻他的手杖。

「你也去找一把刀來，每個人都該有自己的木杖。」他說。

有趣的是，他的名字正是我這幾天在想的，**Bill**。因為蘇格拉底很老派，買單時還是用這個正式的字，而這也是我的第一個英文名字。

爸媽幫我取名 Bill 時，告訴我這很像大老闆。可我實在不想做老闆，加上又有帳單的意思，小學的我就不愛了。

後來英文補習班老師幫我取名 Andy，挺適合一個蒼白柔弱的少年。我用了一段時間，發現某長青偶像也叫這名字，且他歌聲是我耳中「走音天后」級的，我對這名字開始避之唯恐不及。

有段時間我在台大上語言課程，第一天走進教室，老師問大家英文名字，我才想到自己沒有……

然後，Autumn 就跳進我腦中，使用至今。

「你一個人走？」Bill 的聲音把我拉回到現在。

「是。」

「一個人走最好，一個人才自由，而且可以遇到更多的人，聽聽別人的聲音。」Bill 說：「當人們走進團體中，就再也走不出來了。」

這是一則訊息吧？我這幾天猶如半自助旅遊，白天自己走，晚上和蘇格拉底住，是不是應該追求更完全的自由呢？

放開手，才能擁有更多？

Camino 8.3

Hotel Duquesne de Najera

行前我最憂心的，是負重和住宿。沒想到，住了幾個庇護所之後，開始住民宿，然後今天住進三星飯店裡……

這真的出乎我想像。昨天上網找住所，蘇格拉底建議了這裡，大概是最後一分鐘特價吧，非常划算，我們就住進來了。

就在終於可以泡澡，我宛如重生之後，我們又一起去飯店推薦的本地餐廳吃晚餐，Meson El Buen Yantar，十歐元款待朝聖者，包括第一道湯或沙拉、第二道各種肉類、第三道各種甜點，以及兩人一整瓶紅酒和礦泉水。重點是，非常好吃，十足媽媽味。

「如果明天可以有這樣的晚餐，我願意再走三十公里。」我說。

「朝聖真辛苦！」蘇格拉底回道：「得吃這麼好吃的牛排、喝這麼好喝的酒……」

不過，對我來說，一樣棒的還有森林裡的野餐。

我會在中午時分找一個舒適的地方，把麵包、起司和水果拿出來，有時候搭配火腿，有時候是罐頭。

曾經是航海大國，西班牙和葡萄牙都擅長做罐頭，新鮮又好吃，許多 tapas 也用罐頭海鮮組成。

這樣的一個人野餐，對我來說有趣而美味；我的眼界不夠世界觀，但胃口挺國際化的，沒什麼鄉愁。

走在路上，感謝一切的一切，萬有的萬有。

Camino 9.1

Najera → Azofra 5.8 km

昨晚開始，右腳阿基里斯腱慢慢長大，撫摸時還會發出聲響，想來是腳球水泡疼痛而有的代償。

今天早上，發酵成小小麵龜，好可愛。吃了急救花精也抹上，然後請神仙姊姊送遠距靈氣治癒。

蘇格拉底先上路，我慢條斯理吃了水果和蛋糕，七點二十才出門，八點四十走進小鎮，喝了咖啡。

記得蘇格拉底說，所有疾病來自頭腦，我知道自己也是。前兩天為了拉抬速度，我放任自己在某個極限稜線上；換句話說，我求快了，有了得失心。

今天，且讓我緩緩散步，讓別人經過我，一如我經過了別人。

對不起，請原諒我，謝謝你，我愛你。

回頭的時候，有人對我招手，那也是內在的我。

Camino 9.2

Azofra → Santo Domingo de la Calzada 15.2 km（全日 21.0 km）

繼續慢慢走，來了一陣雨，替背包穿外套，自己想淋淋雨。

沿途遇到兩位日本老先生，七十三歲的田中和六十九歲的反保，都來自栃木縣，他們用一種在巢鴨逛街的節奏，緩慢地走。

「去過日光？」田中問。

「三次。」我答。

「日本？」反保追問。

「二十次吧……」

還遇到一位走回來的朝聖者，法國來的Bernard，他從家鄉尼斯出發，走去聖地牙哥，準備再走回家。

「這樣有多長？」我問。

「兩千公里。」他說：「但我沒有遇到過台灣人，我們來拍一張照吧。」

邊走邊唱歌，一路看著葡萄園，真想知道怎麼都沒有雜草，然後看到農人辛勤地工作，我的朝聖只是他們的日常。

下午一點半走到目的地，脫了鞋子才知道，右腳腳球的水泡氾濫成三顆……最怕針的我，要來用刑了。

可以點首歌給我嗎？〈玻璃心〉，張惠妹現場版本，謝謝。

Camino9.3
Parador de Sto. Domingo Bernardo de Fresneda

這趟旅程究竟還有多少讓我闔不攏嘴的經歷呀？

今晚的小鎮有座教堂，因為神蹟而在教堂裡養一對白雞。但這不是最讓人驚訝的，因為我們的飯店更出乎意料。

又是最後一分鐘特價，蘇格拉底要我選擇，我看到「前修道院」這幾個字就買單了，因為我的瑜伽老師也相中一個修道院改建的精品旅館，七月將有一個 retreat。

我走進門驚呆了，也太美了，老石塊溫潤依舊，我竟有幸能停泊一宿。旅館裡還留有當年修士冥想的四方廻廊，也將是我明早靜坐和呼吸練習的所在；房間家具都是硬木，古典而穩重，恰好相襯老派的蘇格拉底。

Parador 是西班牙的飯店集團，專門買下老建築再改建成旅館。我一邊讚歎，一邊替他們欣慰——還好他們沒有跨足台灣，否則買下老建築之前啊，一幢幢都自燃了……

Camino 10.1
Santo Domingo de la Calzada → Granon 7.2 km

在農夫強烈建（ㄌㄠ）議（ㄉㄠ）下，我昨天去買了運動繃帶。今天早上手忙腳亂地替兩條腿加了護持，再加上處理水泡和吃早餐，竟然七點半才出門。

臨出門之前，借我衣服和包的裝備老師傳了女兒在鄉下的家拍下的照片，輕聲說：「加油！加油！」一打開，全是我們和小朋友，Banana、Brownie 和旺來，眼眶都熱了。

許多好友都這樣默默支持，點亮我的每一天，衷心感謝。

農夫的繃帶和神仙姊姊的靈氣，外敷加內服，讓我今天早上走得超好。拍下一張天開了的照片之後，一對老夫妻走向我，拿著一只左腳運動鞋。

「你說英文嗎？有個黑髮日本男孩掉的，和你一般高，穿黑衣，我們追了三公里也趕不上，你走比較快，拿給他好嗎？」

我直覺是太平的，因為路上沒有日本男孩；加上大家帶不多衣服，每天都穿一樣，太平就穿黑外套。

接過了鞋，竟在下個轉角遇到太平，而現在正和田中與反保喝咖啡。

這路上是一個移動社區，我穿梭其間，有時遠有時近，挺好的。

為什麼流浪？想找到一種刺激多巴胺的方式吧。我不想再用腎上腺素了，我設定目標，並且在往前的每一步雀躍歡呼。

這便是，我夢中的橄欖樹。

Camino 10.2

Granon → Belorado 15.7 km（全日 22.9 km）

沿途遇見好多貓，他們都不怕人，自顧自盼，過自己的生活。

只是，小花，妳真的要吃火腿嗎？不會太鹹嗎？

果然，小花只吃一半就飽了，另外一半留著給其他兄弟姊妹吧。只有人類不過冬也囤積，而且不只食物，還有好多好多填補不滿的欲望，真奇特。

一個人走，前後沒人時就開演唱會，一首唱過一首。目前最常唱的是陳昇和蕭言中〈二十歲的眼

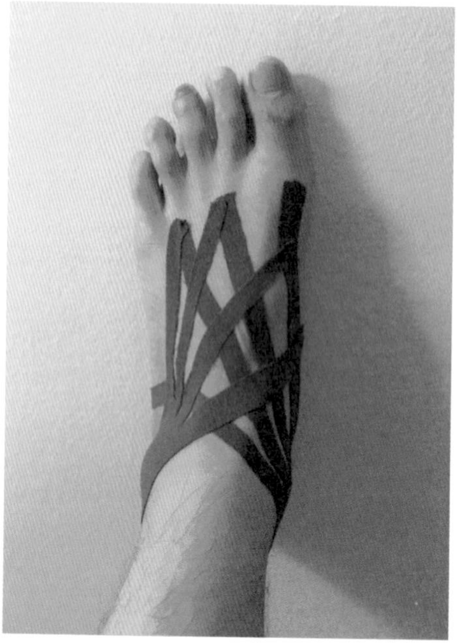

淚〉，也許路上偶爾會寂寞，溫柔男人用它來寫歌。

今天的主題曲，是將弟弟妹妹的求婚歌曲 remix ——〈至少還有你〉A 段、B 段＋〈天天想你〉bridge＋〈童話〉副歌＋〈天天想你〉最後一句。一氣呵成、蕩氣迴腸啊……

（舞台漸升，燈暗去，只留天幕星光）

下午一點四十分走到目的地，啊唷，還不錯。

關於上廁所

朝聖者每日步行，天地為家，當然也是天地如廁。

小號我早在田裡被訓練過，完全敞開、自然流露；至於大號，我還真沒辦法。

幸好每天早上有靜坐與呼吸練習，早習慣一起床就去廁所，至今沒有為難過自己。

走在朝聖之路，一定要耳聽八方，但不一定眼觀四方；特別是經過森林時，否則要是瞥見天上飛的、海裡吸的，只能說是賺到了。

Camino 10.3
Hotel Belorato

一路上已然看過太多教堂，將來拿照片要我辨識也應該無能為力，但這個教堂我一定會記得。為什麼？因為它最與人為善呀。

仔細看教堂鐘樓上那毛茸茸的違章建築，那是貨真價實的鳥巢，看見三隻嗷嗷待哺的幼鳥嗎？正呱呱把喙打響，叫爸媽快回來餵食。

參觀完教堂，蘇格拉底和我買了啤酒去廣場曬太陽，十足朝聖者的午后，然後又遇上田中和反保。

「你們去哪裡晚餐？我們正在找。」反保說。

我們早預約了鎮上最好的餐廳。我介紹他們認識蘇格拉底，然後快快跑腿去餐廳增加人數。回來時，日本老先生遇到一個健美女孩，滿心歡喜告訴我：她是台灣人！

女孩來自台中，在巴塞隆納念書，說起話來還幾分童音，我們擁抱再擁抱！好久沒說家鄉話，那感覺真棒。

然後，蘇格拉底、田中、反保和我四人晚餐，席間英文、日文、漢字穿插，聊年金、聊文學、聊酒。我這才知道，瑞士老人年金是日本三倍，至於台灣，可能只有日本三分之一……

坐在三個退休老人之間，突然意識到，「老派」是我此次旅行關鍵字吧？遇到年輕人都聊不上，老人反而親切許多。

也好，先醃著，將來下酒。

結帳時，年紀最長的田中一馬當先，拿出金光閃閃的信用卡，說全算他的，好不朝聖者啊……但這樣被老派地照顧著，確實感覺挺不錯的。

Camino 11.1

Belorato → Espinosa del Camino 8.3 km

今天腳比較沉，七點出門，走了一個半小時，進入小鎮喝咖啡。

每天清晨起床，除了和農夫、神仙姊姊說話以外，還會固定收到一位住在美國朋友的訊息。

她是好姊妹的好姊妹，我們從未謀面，她卻對我滿是善意和溫暖。從事編輯工作的她細讀我寫下的所有文字，並且一字字校對，無論中文或英文，再用私訊隱惡揚善地提醒我。

她的夜晚是我的白天，她卻花睡前時間為我加油打氣，多麼慷慨的情誼，今天早上便是為她朝聖。

一路上，我用 iPad 手寫每個字，全身除了腳，只有腫脹右手食指；寫字是浮木，載我繼續前行。我私心想記錄下一切，若能讓人讀到一絲新鮮或蒐奇，更是萬幸。

沿途的狗，也是我想記錄的。人們帶著狗上路，但很多庇護所容不下狗，他們卻願意走更遠去找尋，因為狗也是朝聖者，不能被放棄。

敬世上所有美好情誼，不管你此刻是否在其間，轉過身，他們都將擁抱你。

Camino 11.2

Espinosa del Camino → Atapucrea 22.1 km（全日 30.4 km）

才說了「敬世上所有美好情誼」，就在下一個村落遇見我的悉達多。

人和神、神和人，不也是世上的美好情誼嗎？

「你怎麼在這裡？在西方的朝聖之路上？」我問。

「我從十方來，要往十方去；你心在哪裡，我便在那裡。」

有了悉達多的加持，我決定將用了十天的木杖在山巔還諸於天地。它們愈來愈短，短到不合適我了。

沒想到的是，沒了木杖，我的身體輕盈起來，雙手張開成翅膀，一路把起伏的路都踏平了。

下午三點到達目的地，謝謝悉達多。

Camino 11.3

El Palomar, Atapuerca

都說要相信宇宙豐盛之流，相信宇宙會照顧每一個人。但是，要怎麼信任？不再存錢了？不再為將來計畫了？

我不知道。

我只知道，當蘇格拉底走進房間時，我瞠目結舌——他手持這根權杖，說：這是給你的。

SAMSUNG

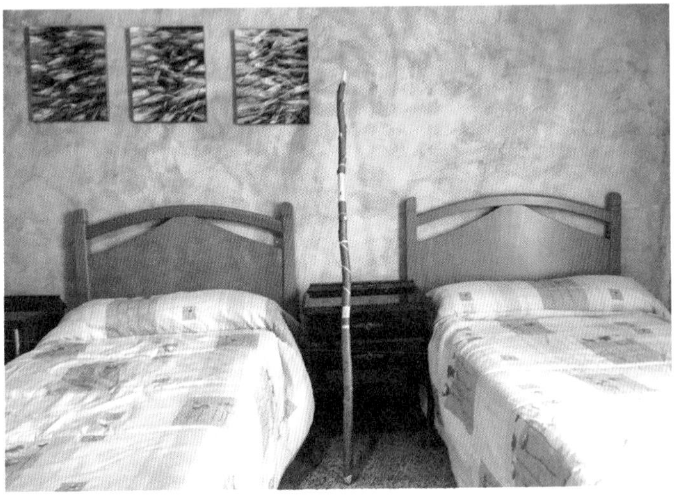

中午我經過了蘇格拉底，並告訴他，我將木杖還給了森林。然後他經過下一片森林，看到一棵剛傾倒的樹，用他的瑞士小刀砍下這根木杖，並沿途做了裝飾，還放上一個「A」代表Autumn。

「你說過Bill的木杖，我遇到他了，我想我也可以為你找一根。」他說：「而且要找到活的木頭，才夠強壯，才好雕刻。」

我真的不知道這是一條怎麼朝聖、怎樣豐碩的路？但走在其間，恍如作夢，一切顯化如此之快，一種措手不及的豐收。

我請蘇格拉底簽上他的名字，這宛如藝術品的權杖，將陪伴我接下來三分之二的朝聖之路。

都說要相信宇宙豐盛之流，你真正需要的，宇宙會為你準備好。

還沒瞥見豐碩？那可能不是你需要的，只是你想要的。

朝聖之路第十二天。拿著新權杖，甘道夫上路了。不求白袍加身，只求擁有強者的心，並和弱者站在一起。

Camino 12.1

Atapuerca → Burgos 19.5 km

關於木杖，竟然還有續集。

昨天我將兩根短了的木杖放在山巔，一個如祭壇的所在，並放了兩支羽毛在其間，一如它們來到我身邊的模樣。然後，我深深感謝它們的陪伴，說了再見，才離開。

今天早上吃早餐時，一個男人說著很快的西班牙話，手比畫著兩根木杖划行的模樣，喜悅之情躍於言表。

蘇格拉底幫忙翻譯之下，我才明瞭。

男人說他看到我平常拿的那兩根木杖被放在山巔，然後有一對夫妻拿起它們，開心地使用起來了。

他走回座位，再拿手機走回來，打開相簿，他竟然為我拍下他們的模樣，如獲至寶，開懷地笑。

哇，好美的事，不是嗎？

我們以為的「神蹟」，是仙女金光閃閃的魔法，老鼠變成駿馬，南瓜化身馬車；但或許，造物者只是巧手羅織了一切，讓人去完成神蹟。

我很開心，自己是一著棋，更開心可以完整聽完這個故事。

覺得孤單無助嗎？快左右張望，你的神離你好近好近了。

今天七點半出發，十二點半抵達目的地，脫了鞋看見三根腳指烏青了，好可愛，也是神蹟。

Camino 12.2
Hotel Alda Entrearcos, Burgos

Burgos 是個很美的城市，大教堂是天際線的焦點，老人在半山眺望自己的城。

愈美麗的城市愈不合適道別，偏偏，愈美麗的城市愈多離別。

一對瑞典母女前兩天追著我跑，問我是不是那個傍晚會揹小狐狸包外出的男人？

「你知道那來自瑞典？你是朝聖之路唯一揹的人啊，不過，我們都沒看過這款式。」

我告訴他們，小狐狸某些布料在台灣生產，至於這側揹包……買褲子送的啦。

他們明天往畢爾包去，今天是最後一天朝聖了。媽媽在大教堂前把我抱滿懷，將來確實難再見。

我找了一家 TripAdvisor 推薦餐廳，Cerveceria Morito，和蘇格拉底一起晚餐。餐廳非常之好，輕易成為我朝聖至今第一名。

「明天我們要分開走了，我想把這個平安符送給你。」我說。

是的，我也要和蘇格拉底說再見。和他做了八晚室友，好像也夠了，應該去體驗另一種朝聖生活。而我會記得，老先生總一絲不苟整理自己的行李，並還原旅館房間每個細節，甚至替我疊棉被。他的腳漸好，而我的腳仍疲憊，我們商量後，決定不再像之前一樣預約房間了。

我把月亮姊姊趕在出發之前，親手交給我的白沙屯媽祖平安符送給了蘇格拉底。我知道月亮姊姊福德滿溢、樂於分享，一定不會介意我轉贈她的心意。

「這是台灣其中一條朝聖之路，一位姊姊特別替我求來的。」我說：「我們應該還會在路上相見，但我想先把祝福送給你，祝你一路平安。」

是啊，Burgos 一天增加了許多離別，我又多體會朝聖者的另一種滋味。

明天又要一個人了。但，那是明天的事。

而誰不是一個人呢？

Camino 13.1

Burgos → Tarjatos 11 km

相識二十年的老朋友齊聚鄉下的家，只有我隻身在外。一早起來和他們視訊，還是好歡樂。

帶著他們的祝福，七點二十走上朝聖之路。心情是輕鬆的，我只剩下我自己，哪裡都可以去。

然後下了雨。一直下，一直下，我想起還給蘇格拉底的腳套，還有剛才海的那邊整桌美味菜肴，應該沮喪的，是不是？

但我沒有。上路是自己的選擇，上路之後的事，就交給翻雲覆雨的那隻手。

九點半坐下來喝咖啡。今晚在哪裡停泊？今晚再說。或許，我們都可以比自己期望的更勇敢。

我的背包、權杖，以及清晨的 Burgos 大教堂。權杖上多了一只蘇格拉底為我綁上的貝殼，走到哪裡，都有大海的聲響。

Camino 13.2

Tarjatos → Hontanas 20.9 km（全日 31.8 km）

這是目前里程數最長的一日，但坦白說，走起來挺輕鬆的。

原來，是我早上算錯了里程，其實兩小時就走了十一公里，難怪後來的路輕輕鬆鬆。數學不好，也有回報。

那就繼續再走吧！既使最後五公里逆著風，還有雨水迎面而來，我卻在風雨裡聽見上帝的歌。

「把頭腦關上，把耳朵打開，你才能聽見我的聲音。」

風雨縫隙，也有陽光，我在陽光裡聽見仙樂飄飄。

原來，是遇到另一個揹吉他上路的人，二十四歲來自蘇格蘭的Lachlan。他彈著佛朗明哥的樂音，我跟著他走一段路，貪戀琴聲。

我問他重不重（heavy）？他聽成快樂不快樂（happy）？

「彈吉他的時候很快樂，也學著彈一些西班牙悲傷的歌。」

他還告訴我，前面十天和一個女孩一起走，可她走太慢了，他想加速，兩個人便分頭走。

「朝聖之路很有趣，你會和某些人走一段路，然後分開，不是嗎？」他說。

是啊，我也才剛和同行一段的旅伴各走各的，我完全懂得。

「揹著吉他上路，就可以把一路上想到的寫成歌。」

他用音樂，我用文字，我們都相信，這一路晴也好、雨也罷，都是將來斯美如詩的回憶。

午後三點下起大雨了，那便停泊在這裡吧，一個小小的鎮，只有一條小小的街廓，不也是我嚮往過定居的所在嗎？

Camino 13.3
El Puntido, Hontanas

大雨滂沱，我在雨中得快快做出選擇，否則會溼得更澈底。

那麼，就去最便宜的那家庇護所吧。五歐，大約是我野餐的價格，也是至今最便宜的住所。

我是故意的，想去體驗另一種截然不同的生活。

而我很幸運，恰好是那間房第一人，選了最角落的下鋪。洗了澡、洗了衣服，我找了鎮上餐廳吃朝聖餐，一個人更要快活。

酒足飯飽，散散步，據說接下來兩天都是雨水。很好，曲折創造好風景，明天又是旖旎好風光。

關於朝聖餐

朝聖之路沿途餐廳幾乎都有提供朝聖餐，也就是款待朝聖者的今日特餐。

一般都是三道餐點——第一道前菜包括沙拉、湯或義大利麵，有些還有西班牙海鮮飯。第二道主菜常有雞、豬、魚、牛，有些還有素食。第三道甜點往往是優格、冰淇淋、布丁或卡士達（對，他們當甜點，直接舀了吃），有些會有塔類。此外，還會有麵包、水和酒，飽足感十足。

這樣一套餐點吃下來，約是九歐到十二歐，真的挺划算。我常常是中午野餐，晚上朝聖餐，中間還有早午餐和下午茶，加上早餐和水果，真的媲美西班牙人了。

Well，聽說朝聖者每日消耗五千大卡，我只好努力加餐飯。

Camino 14.1

Hontanas → Catrojeriz 9.4 km

摸黑五點半起床，六點收拾細軟，恰好隔壁床兩個妙齡巴西女孩也起床，就著手機探照燈來了一場換衣秀……

六點半到一家溫馨餐廳吃早餐，美女老闆娘還幫朝聖者綁繃帶。要離開的時候，她跟我說：「這是特別的一天。」

她說的是路途，我聽到的是訊息。

離家第二十一天了，據說人體每二十一天完成一次循環，我感覺到我的身體也完全適應這裡了，無論是水或空氣，甚至連腳也愈來愈好，再次健步如飛。

軟弱也很好，強壯也不錯，如實觀照，安然自在。

九點進小鎮休息一下，才想到至今無雨水耶，哈。

走上朝聖之路的人都是被祝福的，他周圍的人也將感受到這種振動的提升，同行於路上。

Camino 14.2

Castrojériz → Boadilla del Camino 19.2 km（全日 28.6 km）

繼續享受著一個人的散步，途中經過 St. Nicolas 老教堂，看到一幅好美景象——一位朝聖者疲憊地趴在桌上睡著了，志工爺爺用溫柔的眼神靜靜擁抱著他。

睡了一會兒，朝聖者醒了過來，原來是曾聊過天的 James。他是韓國人，在 LA 住了二十年，昨天第一天上路，我還提醒他要慢慢走。

「我今天走了六小時，太累了，腳也傷了。」他的眼睛都是血絲。「今晚決定留在這裡。」再次提醒他要慢下腳步、泡腳按摩，凡事起頭難。回過頭，看到留言本上有新鮮繁體字，看來這兩天速度加快，趕上前一批朝聖者了。

果然，後來在路上遇見兩位來自台灣的服裝設計師，她們好溫暖，同行一段路，說了好多話。

她們告訴我，剛剛的老教堂屬於羅馬天主教會，至今依然有為朝聖者洗腳的儀式，而且完全不用電、只點蠟燭，大家一起準備晚餐。

聽完之後好希望剛剛就在那裡住一晚啊。不過，若真這樣，就遇不上台灣同胞了，不是嗎？我想，James 一定可以得到很好的照料。

下午兩點半走進小鎮，直接到早餐老闆娘推薦的庇護所，然後，大雨就來了……

經由我向你宣說，是因為我不是你熟悉的，你便會放下僵固，張耳聆聽。

Camino 14.3

En El Camino, Boadilla del Camino

今晚再次挑戰極限，住進二十四人的大房間，而且還有木板隔出的、咿咿作響的小閣樓。

而我還是幸運的，拿到最後一個下鋪；因為床鋪沒有爬梯，我實在擔心若睡上鋪，下床時會踩到別人的臉……

晚餐再次實踐「老派」關鍵字，和五個女人同桌，四個超過七十歲……當她們聊著結婚四十五週年紀念時，我只能繼續低頭吃燉牛肉。

分別來自瑞典和瑞士的她們都和女性朋友一起上路，也都花上八年、五年完成各自的朝聖之路；我聽著聽著，都入迷了。

時間是賊，偷走一切；時間也是神，給予一切。如果有那麼一天，我希望自己七十歲時如此的美。

Camino 15.1

Boadilla del Camino → Carrión de Los Condes 27.5 km

昨晚十點在狹仄下鋪躺平，落入無意識之前想到四個字：沾沾自喜。

哼，我也有這麼一天，九公斤的裝備說上肩就上肩，二十四人的大房間說入睡就入睡啊……

然後，凌晨一點二十八分，清醒過來，只聽見南腔北調、各種呼聲，我想到項羽和虞姬，四面楚歌。

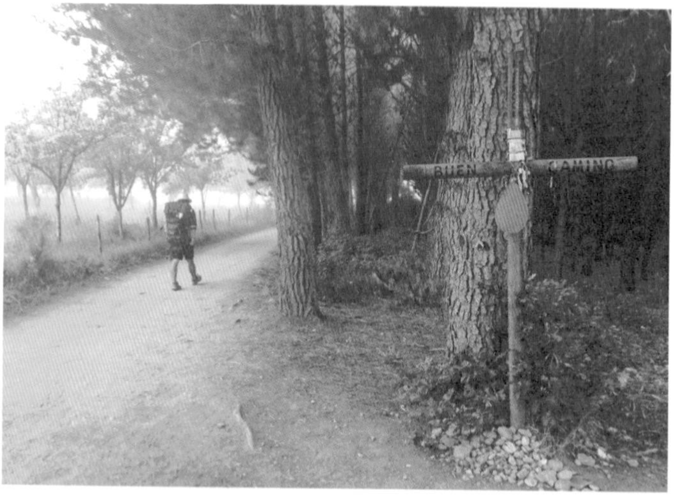
BUEN
CAMINO

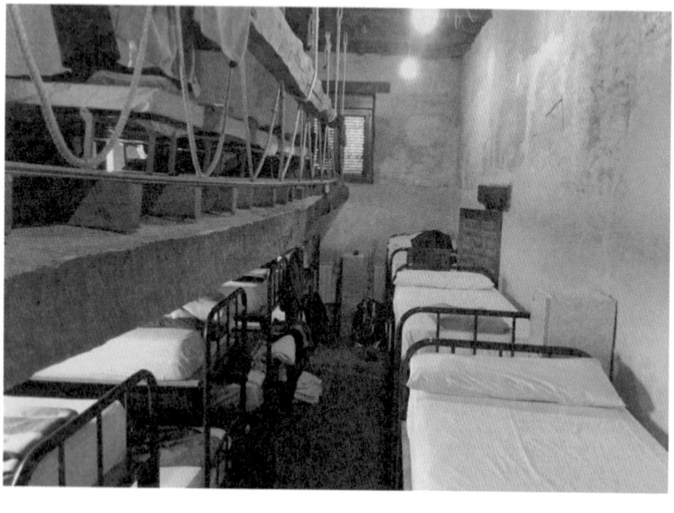

還好行前跟媽媽要了助眠劑，花了半小時摸黑拿出來吞，藥效發作之前又想到四個字：訂好飯店。

七點吃過早餐出發。今天有兩條路選擇：一條筆直而沿著公路，是較短的新路；一條曲折而沿著河流，略長的老路。我選了後者。

沒想到轉過一個彎，天蒼蒼、野茫茫，我不知道自己在哪裡了。我常笑我的朝聖之路一定比別人長，因為光找路就多走了好幾公里。

幸好一部大腳耕耘車正巧經過，司機先生甚至把車門打開，站在一層樓高的地方比手畫腳跟我說：往前走！

然後我看到標誌，知道自己走對了。不過，沿途都沒有人，我就這樣一個人走了十公里，只有鳥叫聲和風梳樹葉的聲音相伴，好暢快啊！

我一向怕人多的地方，走路也多選暗巷小弄，從沒害怕什麼；而人生亦然，愈非主流愈吸引我。這真是老天爺給的僻靜之路，萬分感謝。

大部分朝聖者都走了新路，兩路匯流，我才再次回到人群裡。下午一點走進台灣同胞推薦的小鎮，今晚就在這裡停泊。

再來更要往人少的地方走，你便能獲得更大的自由。

Camino 15.2

Hotel Real Monasterio de San Zoilo, Carrión de Los Condes

是的，這便是答應自己的好飯店。

遇到台灣同胞時，我第一次聽到這個飯店，因為她們說了「修道院改建」這幾個字，而被我記牢了。然後昨天晚餐，隔壁的瑞士媽媽也說，她們要住進「修道院」裡。

好吧，如果我沿途聆聽訊息，又為何要錯過奢華的機會呢？

所以我來了，一個人，一張床，偌大的房間，不但有個讀書區，還配有浴缸和木頭馬桶座。

後來想想，喜歡「一個人旅行」這件事，前者和後者一樣重要。

我是需要「一個人」狀態的人。偶爾一個人在家、一個人吃飯、一個人四處走走，都讓我感到放鬆。那不代表我不需要關係或陪伴，而是很多心中結實纍纍的稻穗，得一個人的時候才好收割。

買了一瓶白酒、現切火腿、鮭魚、起司、麵包、櫻桃和muffin，今晚且將朝聖之路放下；我鎖上了門、點亮了燈，放任思緒一件件飄浮在房間裡，像一場蘇菲旋轉舞蹈。

你得知道，你就是自己的家。

關於天數

朝聖之路究竟該花多少天完成？一直是討論區的熱門話題。

以我所走的法國之路來說，官方、米其林地圖和許多作者都建議三十四天；加上第一天抵達SJPP，和最後一天停在聖地牙哥，一共三十六天。

不過，網路上流行三十天完成八百公里，一天要走二十六公里以上。

對於歐洲人來說，時間不是問題，他們往往花上好多年，一個階段、一個階段完成自己的朝聖之路。

至於我，原先想四十天完成（包括去向大海），目前好像比自己想像中堅強，應該可以在官方建議的天數以下完成；但我完全不想挑戰三十天，此路如此美，路上每一天都殊勝，何必急於畫下休止符呢？

Camino 16.1

Carrión de Los Condes → Calzadilla de la Cueza 16.1 km

清晨起來，想到舊修道院四方廻廊靜坐冥想，無奈上了鎖。退房前再去一次，還是一樣。

沒想到，退房之後，一位把白髮攏在背後、搽了豔紅唇膏的優雅女士請求飯店開了鎖，也讓我一償心願。

她叫Lotte，是位住在英格蘭的德國攝影師，正和一個團隊記錄朝聖之路上的一切。

「如果你願意，我可以幫你拍照，再寄給你。」她說。

我有些震驚。四方迴廊是我喜愛的，幾百年來的修士在此繞行冥想，積累了許多平和而正向的能量。

我點點頭，謝謝她的慷慨，這位攝影師拍了我和我的權杖、行囊，拍了我一個人繞行冥想，真是殊勝的際遇啊。

「你的天使會跟從著你。」分開之前，Lotte 這樣告訴我。

嘿，我知道喔，因為妳也是其中一位。

七點四十出發，今天想挑戰看看自己能走多遠，所以恪守每小時休息一次，十一點進入小鎮，有了第一杯咖啡。

Camino 16.2

Calzadilla de la Cueza → Sahagun 22.7 km（全日 38.8 km）

經過兩週觀察，我發現我的體能和速度應該是這一批朝聖者的前段班。只要路夠直夠長，眼下看到背影的，都能以一點也不勉強的速度經過。

我其實是訝異的，因為我從小到大體育都很差，還補修過。既然如此，就來試試這個中年皮囊的能耐吧，決定今天走到不能走為止。

而今天的路也確實適合測體能。之前台灣同胞告訴我，今天會走過很特別的十七公里。

「一位美國老先生告訴我們，你會感覺到風吹上臉，但聽不到任何聲音，連鳥叫都沒有。」其中一位

結束朝聖之路回到家半年以後，某個清晨冥想，向宇宙要一個答案。然後打開電腦看見，Lotte 眞的把照片寄來了……

這眞是一條應許之路。我說的不只朝聖之路，還有人生。

說：「我在書上寫下四個字——魔鬼之路。」

我超級期待這樣的神祕體驗，一路把耳朵張到最大，好想親眼看到摧狂魔迎向我！

結果……

風依然吹，鳥依然叫，魔鬼今天不當家。

但那十七公里筆直無比，而且甚少遮蔽，彷彿行走在沙漠，應該是這樣才有人有這種經歷吧。

還有一段路就走在兩條高速公路的中間，彷彿平行宇宙或不同次元之間的幽冥道，世界如何紛擾都不干我事，很有趣。

下午四點，覺得有牆撞過來了，那就走到這裡吧。三十八點八公里，很適合我的數字，但究竟是多遠呢？

查了一下，可以從我台北的家走到桃園機場；從鄉下的家走去坐飛機，竟然也差不多耶！真好，以後出國不用叫車了！

不過，明天還是乖乖走就好——知道自己的酒量，也不用每天喝醉吧，您說是不是？

你曾是這裡一員，所以大地待你如故人。

Camino 16.3
Hotel Puerta de Sahagun

會選擇走到這個小鎮，有個誘因，就是這個飯店。

這是網友大力推薦的，因為四顆星卻給朝聖者十分實惠的價格：單人房三十歐，雙人房五十歐。而我在他們網站上，被這句話吸引：「Ours is a hotel located in the heart of the Camino de Santiago.」

你一定以為，這是朝聖之路中心點了吧？

我把地圖打開、里程數加一加，不得不佩服這樣的「文案力」。

這句話翻成白話文是——不好意思，我們還沒到中心點喔，是中心點再往左邊一點，一如您心臟的位置，歡迎進來消費啦……

做為一個寫字的人，我得來看一看心臟究竟長怎樣。

那，是長怎樣？一個過去一定很繁華，如今已然破落，又生養很多小孩的地方。

這樣的「文案力」，還在沿途「小蜜蜂」補給站充分發揮。

比如說，有個寫著「綠洲」幾字的森林，前一刻什麼都沒有，下一秒來了一部車，美麗的女人放起瑜伽一樣的靈性音樂，立馬把水果、咖啡全擺好了，一如駱駝隊遇上金鑲玉啊。

還有一個上坡，先是看到兩張紙板用英文和西班牙文寫著：「我沒有工作！西班牙百分之六十的年輕人待業中，你可以拿取你要的，並隨意捐助。」下一刻，你會看到一個大男孩擺好小攤，展開笑靨，能不買根香蕉嗎？

每個人都愛聽故事，無論是《快樂王子》還是《格雷的五十道陰影》；推銷之前，請先給我一個動人的故事。

有輛「小蜜蜂」，什麼都沒寫，只是停在十七公里路旁草原上，停得美如畫，我也掏錢了……

Camino 17.1

Sahagun → Calzadilla de Los Hermanillos 13.9 km

早上七點出發，朝聖之路在此又分兩條——一條沿公路走，是真正的法國之路；一條走進小村落，是羅馬古道。我選了後者。

結果……十四公里遇不到朝聖者，真的很適合孤僻的我。

十點十五走進小村落，立馬衝進第一家店買咖啡，竟然有個溫文儒雅的男人走過來打招呼，而我完全不記得他是誰……

「我們昨晚住同一個飯店，晚餐時有遇見。」他說。

啊，就是那對和我遙遙對望、互相舉杯的夫妻。先生說，他們來自德國；他去年一個人走完朝聖之路，今年特別開車帶太太沿途欣賞。

「我走的時候，這條路一個人都沒有……」他說。

我點頭如搗蒜。

「接下來十七公里也是一樣的……」

哇，還要十七公里才有下個村落？謝謝你告訴我啊。

說了再見，我坐下來喝第一口咖啡，德國先生竟然又走回來了。

「是這樣的，我們的車是租來的，不能載別人，不然很希望能載你一程。」

我想我看起來應該很滄桑吧？不然怎麼讓他們有這種念頭？

「不用，我要自己走。」我英氣地說。

其實啊，走在高速公路上方，懼高的我嚇傻了。但是，還是要繼續走下去！

——除非，有人開露營車載我……因為，我太想上露營車了。

你的功課，是找到寧靜，並使人平和。

Camino 17.2

Calzadilla de Los Hermanillos → Relegos 17.1 km（全日 31 km）

走完今日的十七公里，我才明白早上德國男人為何那樣跟我說——他想起去年的他自己，走在艱困道路上，應該很希望有人給他一隻手吧？

是的，若是昨天的十七公里猶如沙漠，那今天就是月球表面了——三百六十度望過去，沒有人、沒有樹、沒有小蜜蜂、沒有野餐桌……連指標都少得可憐。

我一直走、一直走，好不容易聽見有聲響，竟然是台老式飛機低低地飛過；等視線拉回水平，一個小小身影突地出現眼前，當她回頭，我幾乎要聽到那銀鈴般聲音說：

「請你……畫一隻羊給我……」

是個銀髮老太太啦，她也在拍飛機，我們互道珍重，各自月球漫步。

最後一段，我特意繞回法國之路看看——馬照跑、舞照跳，沿途都有綠樹可以聽風的歌，甚至隨處有坐椅，朝聖者全在這兒。

我遇到Bill，他稱讚我的權杖，我想起蘇格拉底，不知道他好不好？

下午三點終於有可以落腳的小鎮，還是走了超過三十公里。沒辦法，可以住宿的村落不是說有就有啊。

又不是蘭若寺。

Camino 17.3

El Albergue de Ada, Relegos

選擇這間庇護所，是因為只提供素食，這樣的堅持值得用消費表示支持。

走進來之後，才是驚喜，竟然有個比住宿區還大的冥想室，足以提供十個人一起練習瑜伽。只是，老闆不太會說英文，我想知道為什麼會有這樣的冥想室，而他只是說，我女兒有病……

然後，和農夫視訊時，他問我：「背後那是誰的照片？」

一個喜憨女孩，我才把一切連起來了。

她叫 Ada，唐寶寶，這間庇護所便以她為名，並掛滿她的畫作。我想是因為這個孩子，才有冥想室和全素食吧。

下午洗了澡、洗了衣服，我一個人在冥想室做瑜伽，好舒暢。做完之後收到妹妹訊息，她被瑜伽會館錄取成為正式老師了！好棒！

真心希望朝聖之路上思念的每一個人，都受到祝福。

晚餐也由老闆一人包辦，一下午看他洗菜、切菜、煮醬、煮湯，還拿所有果皮堆肥。果然，餐桌上都是全食物概念煮出來的美味料理，特別是主菜，櫛瓜焗烤紅醬馬鈴薯，太對我胃口了！

只是，桌上只有水，沒有酒，我就這樣度過上路以來第一個無酒素食日……

吃完晚餐，老闆問：香蕉？蘋果？還是橘子？

好的，今天連甜點也沒有了……

請發願做一個更好的人，這個世界就能變得更好。

Camino 18.1

Relegos → Villarente 11.8 km

昨晚是旅行以來睡得最好的一晚。十點閉眼，六點睜眼，一夜無夢無驚。

早上才知道，老闆把 Wi-Fi 關了，加上有冥想室，都讓能量場受到護持。世間一切，皆是能量。

吃過早餐，和老闆 Pedro 道別離。

「我很喜歡這裡，特別是冥想室，我在那裡靜坐和瑜伽，謝謝你。」

然後，Pedro 竟向我雙手合十。

剎那間，我明白了，走上朝聖之路的人都追求短暫出世（出家），而有人，一如 Pedro，便一直在出家路上了。

我也雙手合十，相逢一笑。

七點半出發，十點走進小鎮，要了一杯咖啡。

成住壞空，不是教你看到墜落，而是教你如實如是，看待花開一如花謝。

Camino 18.2

Villarente → León 12.9 km（全日 23.9 km）

沿途買了五百克櫻桃，在朝聖之路中心點村落吃光當做慶祝，甜美多汁，只要一點五歐。

從 Brugos 到 León，是法國之路中央平原，好比美國中西部，因為景觀一致，荒涼無垠，許多朝聖者選擇坐巴士奔馳而過；走在路上都是老派的人，而且多是獨行者，我們點個頭、互道珍重，然後又是天涯過客。

而我，下午一點走進法國之路沿途最大城市，León，驚奇地看著滿街的人。沒想到的是，此城如此善待我。

飯店櫃台推薦了餐廳給我，*Zuloaga*。

「這是全城第二好的餐廳，第一名在城外，」櫃台妹妹說：「一餐二十至三十歐。」

不便宜耶，我打算放棄了。

走去大教堂路上，竟與它相逢，而且還有午餐限定特餐，十六歐。我便坐進天井花園裡盡情享用。前菜是燻鮭魚佐酪梨鱒魚慕斯，重點是，彷彿彌補昨夜，有一整瓶白酒。彌補的竟然還有，因為聽不懂甜點可以選擇什麼，他們索性給我兩種……

此城有什麼？大教堂在哪裡？我全不知道。如今，這家餐廳便是我全部的，León。

關於季節

春有百花秋有月，夏有涼風冬有雪，若無閒事掛心頭，便是朝聖好時節。
這是真的，四季都有人走上朝聖之路，旺季則是暑假，我選擇晚春，有以下理由——
一，我討厭人多。
二，不用帶冬衣，行囊輕簡。目前氣溫早晚攝氏十度上下，中午約二十五度。
三，春天能量開始向上揚升，適合選擇離職的我。
四，繁花盛開，樹吐新綠。
五，有我愛的當令食材：從白蘆筍、蟠桃、鴨梨，到剛剛上市的櫻桃。

Camino 18.3
Hotel Spa Paris, León

來自英格蘭的 George 是個年輕小伙子，這幾天常和我相遇，只是他往往走在柏油路上，而不是在朝聖之路的泥土地。我想，他的腳應該出了狀況。

昨晚，我們恰巧入住同一個庇護所，我看見他的腳有好多大水泡。

「明天我要到 León 住兩晚，休息一天不走路，」他說：「我累壞了。」

他把我走了十八天的路，只用十四天走完，每天行走三十五公里以上，真是太操了。

我順口問了問，León 要住哪裡？

「明天住飯店，有 Spa 和泳池！」他眼睛閃著光。

而我也看見，我那英雄無用武之地的泳褲召喚著我，所以……我就訂了房、下了水了。

只是，打開房門，有種 motel 的俗豔感——深粉紅的床罩和窗簾，還有撲鼻的廉價清潔劑味道。不過，也是這飯店櫃台妹妹推薦我的好餐廳，才有下午的享樂。

人生往往是這樣的，沒踩進這個窟窿，便看不見後方湛藍的天空。

把窗戶打開，聖木拿出來，這房間也就宜室宜家了。

而且這飯店地點之好，不只就在朝聖之路上，離大教堂還真近，滿心期待能拍下一張夕照……

然而，已經晚上九點半了，我真的等不下去，朝聖者得上床睡覺了……

你覺得是訊息的，便是訊息；錯過的，就錯過了。

Camino 19.1

León → Villar de Mazarife 22.2 km

我想我可能比同期出發的朝聖者快了一至二天，否則不會連續幾天都沒遇到舊識。

今天唯一遇到的相熟，是一個孤寂的背影，我們曾經住過同一個庇護所，一路也都會和對方點頭致意，但我們無法溝通；我只知道，他就是一套衣服，一路獨行，背上揹著貝殼和念珠，即使笑著都憂傷……

每個人都有走上朝聖之路的理由，一如每個人都有此生的目的，相逢何必曾相識？

今天的路又分兩條，我還是挑了遠離公路的。但別擔心，一路上都有人，而且今天走得短，七點五十離開飯店，十二點半就抵達設定目標了。

上路前幾天，神仙姊姊為我做靈氣時，感覺到我的身體需要休息。

「你可以想一想，堅持每天趕路的執著是什麼？」她說：「無論你的決定是什麼，我都支持。」

是啊，出發之前，我替自己留了兩天休息日；出發之後，為什麼堅持每天走下去？

除了好強、性子急、想先苦後樂之外，一定有其他原因。

我想，是孟子的緣故。

「天將降大任於斯人也，必先苦其心志，勞其筋骨，餓其體膚，空乏其身，行拂亂其所為，所以動心忍性，曾益其所不能。」

以前以為，這是寫給想成大事的人，與我無關；這一回卻體會到，這也是寫給修行的人。腳疼痛時，一如揹著禪師一起上路，每一步都被他棒喝：「當下！」

於是我一直走、一直走，直到，我的神找到我。

所以神仙姊姊，趕路是執著，而走路是修行。如今，我只走路。

每個人都有病，病是恩寵，教你看到，今世今生。

Camino 19.2

Albergue Tio Pepe, Villar de Mazarife

今晚庇護所四人一房，毫無懸念的，同房全都是一個人行走的、比我年長的男人。

因為蘇格拉底的關係，此行我可以近距離觀察許多老男人，他們拋妻棄子、一個人上路，難不成有什麼傷口？

蘇格拉底每晚睡前，會換上絲質睡衣；與人接觸時，總是傾耳聆聽；看到街頭藝人，會開心打賞；對於我送給他不同信仰的平安符，他虛心接受；一路上的腳傷或風寒，他聳聳肩，人生會是這樣的……

坦白說，我在台灣老人身上鮮少看到這些，光是聽到蘇格拉底六十五歲一個人上路，我家長輩們就跳腳了吧。但，為什麼不行？

我們的老去似乎是一種脅迫——那些不成婚的、沒子嗣的，老了看誰照顧你？那些生兒育女的、盡忠報國的，老了要幫忙照顧孫子，否則留你何用？

於是，許多台灣老人好「酸」，覺得時不我予，只能苟活，但，那是誰造成的？

台灣老人和朝聖之路老人都窮畢生之力，買了美屋和駿馬。前者決定下半輩子守住此生美夢，哪裡都不去了；後者告訴自己，這個願望滿足了，那去追求其他的吧。

我願自己是後者。

年齡是心上的刻度，除非你標籤了自己，否則誰能奈你何？

Camino 20.1

Villar de Mazarife → Villares de Órbigo 17.1 km

七點十五吃過早餐上路，九點五十進入一個大城鎮，Hospital de Órbigo，長長老橋兩側開始架起仿古棚帳；過了老橋，市集漸漸騷動，許多人穿上傳統服裝，據說有場中世紀嘉年華，將有四千人湧入。

果然，一輛遊覽車帶來一群日本人，紛紛擎起相機，鏡頭對準我們這些朝聖者……

於是，我和大部分朝聖者一樣，加快腳步，遠離人群。

「人實在太多了，我受不了，要先走了。」一位維京老先生跟我說：「我是朝聖者，不是觀光客。」

說得極是。該你的嘉年華，會讓你躬逢其盛；不該你的，身在其中也不自在。

十點二十有了合適我的小鎮，坐下來喝杯咖啡。寧靜，才是此刻我需要的那一瓢弱水。

Camino 20.2

Villares de Órbigo → Astroga 14.1 km（全日 31.2 km）

下午兩點，抵達目的地，這個城鎮以兩幢比鄰的教堂聞名，前者是高第作品，後者是老教堂。

此鎮竟然準備了神祕禮物給我——入住的庇護所，有來自台灣的工作人員，還恰好有一對台灣父女剛剛住進來。我特別去買了氣泡酒，四個人一起舉杯祝賀，第一次在庇護所裡，台灣人多於韓國人啊！

而此鎮厚禮數，準備的竟然不只如此。當我來到我的床位放好東西，覺得隔壁床的物品好生熟悉，似乎、應該、或許是……蘇格拉底吧？

哇，老天爺是最好的編劇，昨天才說遇不到相熟的，今天竟然相遇了？

不過，寫字的此刻，我還沒遇到鄰床的，究竟會是怎樣的劇情？我們一起看下去！

你將是其中一位傳遞訊息的人，幫助人們，遠離軟弱。

Camino 20.3
Albergue St. Javier, Astroga

不是要賣關子，我真的不知道老天給了怎樣的際遇。

而隔壁床，真的是蘇格拉底，我們在大教堂重逢了。

「你相信嗎？我們竟然在隔壁床！」我興奮地跟他說。

這是一個不小的城鎮，而我們住進了幾十人的大房間，他竟然就在我右手邊；今天說過話的維京老先生，在我左側。

「我想，這一切是聖雅各安排好的。」蘇格拉底說：「世上沒有什麼是『意外』。」

王家衛說，世間所有相遇都是久別重逢。蘇格拉底應該沒聽過吧？而他竟然說了相近的話。

我相信，這一路上的領受，是要我對所有來到眼前的更謙卑，也更開放。

今天又可以做菜了，櫛瓜和章魚，以及一瓶氣泡酒。

現在我終於可以說：謝謝我帶自己來到了朝聖之路。

Camino 21.1

Astroga → El Ganso 14.3 km

昨晚睡前和兩個台灣女孩聊天，話題說到，這一路有什麼領會？她們搖了搖頭，只有我點了點頭。但這一切又如何輕易言說呢？

我至今最大的體會，來自約書亞。

一如悉達多之於佛陀，對我來說，約書亞讓耶穌從十字架上走下來，與我為伴。

這是一條天主教朝聖之路，聖母（或說所有女神）對我來說不陌生，但耶穌，well，我們得好好聊聊。畢竟我所來的地方，有好多關於耶穌而我卻不認同的組織和活動，我也親身體驗過那不尋常的募集入會方式。

那是一個葬禮，小女孩的棺木懸在半空，儀式突然中斷，有人要我們低頭閉眼，願信耶穌者，只消抬手，將在身邊獲得指引……

我怒火中燒看著說話的人，這樣的行為不值得任何一點尊重！

然而這一次，還原了約書亞，遠離了宗教，我只看歸於他的，一切就親切自然多了。我感受到他的男性能量和慈愛溫暖，那便是我至今最大的收穫。

七點出發，九點四十休息，喝杯咖啡，和農夫一家視訊。

你的文字是水晶，啟動它，綻放光亮。

朝聖第二十一天，愈接近聖地牙哥，愈多被拋到半空中的鞋，它們只陪伴主人走到半途。謝謝我的好鞋子，和許多陪伴的心。

Camino 21.2

El Ganso → Foncebadón 12.9 km（全日 27.2 km）

早上和台灣父女一起吃早餐，他們今天要坐車去聖地牙哥了。

「有沒有帶石頭？要不要我幫忙帶去大十字架放下？」我問。

這是朝聖者的傳統，從家鄉攜帶一顆石頭在身上，直到抵達聖地牙哥之前的最高山頭，把它放下，也把那些想放下的、或放不下的，全放下。

女孩搖了搖頭，說：「只要你放石頭的時候想到我們，那就好了。」

這給了我一個點子——

明天，我就要經過海拔一千五百零五公尺高的金屬大十字架，La Cruz de Ferro。我想邀請朋友把你想放下或放不下的事，投注意念到我的小石頭上；明天早上七點半至八點（台灣時間下午一點半至兩點）之間，當我把小石頭放在大十字架底端，我們就把這些全放下，好嗎？

這是我從光課老師工作室庭園拾撿、並帶在身上近一個月的小石頭，只有我姆指首截大小，如今看起來，像一顆愛心。

旅途之初我不知道自己想放下什麼，如今我瞭然清楚，所以我在小石頭背後寫了一個「愛」——明白那些不是愛的，然後去擁抱真正的愛。

今天下午一點半走到目的地，蘇格拉底先打電話預約了庇護所，位於崇山峻嶺之間，走近了我才知道，名字竟然就叫 La Cruz de Ferro，大十字架。

歡迎你加入我，願我們都坦然放下。

Camino 21.3

Albergue La Cruz de Ferro, Foncebadón

今天拍到一張我喜愛的照片。本來是想拍傲嬌的乳牛貓，和好友愛貓有幾分相像。沒想到，小狼狗走了過來，要我摸摸，然後去坐好，學乳牛貓一樣的姿勢；兩個小朋友同時看我，彷彿在說：你還等什麼？快按下快門咩，我們準備好了。

此路的貓什麼花色都有，但家犬就屬狼狗最多，而且性溫存，不帶任何殺氣。這其實和資料上說的很不一樣。

網友們分享，走朝聖之路得帶木杖防身，甚至有被野狗群起攻擊的案例。不過，不僅貓貓狗狗都對我甚好，牛馬羊還會看鏡頭呢。

只是啊，乳牛貓和小狼狗，在我來的地方，貓狗往往勢不兩立，怎麼這片土地上的你們都可以和平共處？

一定是人的緣故。當人們教育仇恨，便連動物們也風行草偃了。

Camino22.1

La Cruz da Ferro

大十字架放下石頭，願你也放下了。

Camino 22.2

Acebo → Ponferrada 15.8 km（全日 27 km）

今天的景觀大致是這樣的，我們走在山的稜線、公路一側，看著繁花盛開、雲霧嬝嬝，然後，垂降一千公尺。

行程之初，我預料我會跌倒，因為頭大，我常常跌跌撞撞。然而，並沒有；甚至我閉上眼睛走路，也穩當當。

「跌倒沒什麼，」我想起光課那位看不見的同學說的話：「屁股往下坐，其實不怎麼痛。」

終於，今天跌了一跤，在一段中間有水流、兩側有石頭的下坡小路上。那瞬間，我用力往下坐，只看見風光明媚……

還真的，不怎麼疼！

拍拍屁股，繼續往前走。真好，連跌倒都不害怕了。

最後一段路，我再次選擇遠離公路卻多走二公里的小徑，只有蘇格拉底跟著我。

「整條路上，只有我們兩個傻瓜。」他說。

好吧，明天盡量跟著主流走。

下午兩點走到目的地，想念起法國之路最高的這段路……公路上有個見過的寂寞背影，他總是緩慢地、沉默地一個人走。

老派朝聖者。

Camino 22.3

Hotel Aroi Bierzo Plaza, Ponferrada

旅行的某些時刻，只是想百無聊賴地坐在那裡，不去景點、不用酒或咖啡，只是看著一朵完整的雲飄過……

因為你知道，此時此刻、這種光影，再不復見了。

但別擔心，總有下一片雲掠過，也讓人引頸期待。

今晚又開始和蘇格拉底當室友了，而且是我主動要求的。

「朝聖之路後期，我有些不想說話、不想和別人交換故事，想盡量沉默……」我說：「這樣你ＯＫ嗎？」

他瞭然地點了點頭。

我去買了啤酒、腰果、燻鮭魚和可頌回來，與他分享下午茶。

「我從你身上學到好多。」他竟然說：「在我們那裡，可頌只有早餐吃，不會拿來夾鮭魚，但我覺得挺不錯的。」

謝謝老天爺賞給我這麼好的旅伴，隨和到機車的我都不好意思起來。

最酷的是，蘇格拉底聽我提到另一條朝聖之路，日本四國遍路，和太太商量好明年要一起去走，現在我正在幫他上簡介課……

「這八十八間寺廟有供奉一尊女神，觀世音菩薩，就是我送你平安符的背面那位，一如你的聖母瑪麗亞……不過，正面的媽祖也是我們的聖母……」

世上只有媽媽好，難怪聖母那麼多。

Camino 23.1

Ponferrada → Villafranca del Bierzo 23.5 km

今天早餐是飯店 buffet，真的像劉佬佬走進大觀園，什麼都想嘗嘗。

朝聖者早餐往往是超市買的可頌，再自己用掛耳包手沖咖啡，加上前一天買的水果。或者在庇護所及 bar 吃，兩塊烤過的法國麵包、奶油、果醬和拿鐵。

而今天是自助餐耶！

結果，除了咖啡多喝一杯，還加一杯果汁、一盒優格，其餘也和平常沒啥兩樣。

人生啊，想要的太多，而需要的太少。

從昨天開始，行程就是蘇格拉底安排的。西班牙文太難，我一路上記得的地名不超過五個；加上數學太差，里程常算錯，乾脆交給他決定。

昨晚，他寫了一張紙給我，把每日停留的城鎮和里程數都寫好了。看起來，我得打臉自己了。

是的，若一切順利，我將在第三十天抵達聖地牙哥，哇，真的沒有想到老天會是這樣安排的。

而要打臉的還有，既然進度超前，我打算一路走向大海，也就是說，我的朝聖之路不只八百公里，而是九百公里。

好吧，上帝說左臉、右臉要一起被打，這樣才平衡。我想沒有人敢賞我耳光，我就自己打腫臉充胖子好了。

早餐還是吃太飽，八點出門，下午一點十分才坐下來午餐。葡萄園又開始出現了，所以中午破例要了一杯白酒……

啟動第三眼後方的三稜鏡，那有一片星際，便能使意念集中。

Camino 23.2

Villafranca del Bierzo → Trabadelo 10.2 km（全日 33.7 km）

之前每次都挑小徑走，往往繞了路且遇不到其他朝聖者。今天蘇格拉底看地勢平坦安排了長距離，我決定完全走大馬路。

好啦，早上看地圖，只有我直直走上公路，大卡車就從身邊呼嘯而過，前後的朝聖者應該認為我是瘋子吧？結果路上只遇到一個朝聖者。

中午以後繼續走大路，還是只遇到兩個朝聖者……

只能說有人天生冷門，有我的地方都是小眾。

下午四點完成了蘇格拉底給的功課。二十分鐘後，他也抵達了，我趕緊問他走哪條路？

「早上我跟著大家轉彎，忘了你提醒要直走，應該多走了兩公里，而且一路上到山頂再下山……」他說。

哈，我真是路癡也有出頭天，謝謝那個不隨從的上午的我。

至於下午，今天出現三十二度高溫，大部分朝聖者和蘇格拉底一樣，躲進 bar 裡吃冰淇淋了。只有我這個來自亞熱帶又天生不怕熱的朝聖者，處之泰然地繼續行走。

「你知道嗎？我居住的城市已經出現三十八度了。」我說。

蘇格拉底快融化了。

今天最後一段路，路邊好多砍下來的木頭，上頭寫著：永遠愛伊莎貝爾……

應該是在拍囍餅廣告吧？

傻孩子，在愛情中別輕易說「永遠」，那比走朝聖之路難太多太多了。

抑或你只是寫在乾柴上，想引燃她的烈火？那請記得，以後別寫「永遠」這個字眼，請用「灰燼」好嗎？

Camino 23.3

Albergue Camino y Leyenda

說了不交換故事，卻還是捨不得讓故事從身邊流過。

他是 Alberto，二十四歲，馬德里人，也是我今天中午之後遇到的兩個朝聖者之一。會跟他打招呼，是因為他的行囊中有支烏克麗麗。這是我正在學的樂器，今年收到最美好的禮物，就是一支烏克麗麗，和這趟朝聖之旅。

然後，吃過晚餐，又與他相遇了。我們聊起天來，我才知道，這支烏克麗麗是他自己做的，而且他從家門口開始走上朝聖之路，打算到了聖地牙哥之後，再走最艱難的北方之路。

「我去年畢業，開始工作，結果我老闆今年把我辭退了。」他說：「但對我是好的，我拿了一筆錢，就可以上路了。」

我問他晚上住哪裡？他睡帳棚。我問他晚餐吃什麼？他買了米和甜椒，紮營後再煮來吃。

「我有榮幸買一瓶酒給你嗎？」我問。

他愣住了，然後開心地笑了，說他跟我一起走。

我想好了，到了超市，讓他挑一瓶紅酒，我再選火腿和起司給他……

然而，超市關門了。

「沒關係，還是很謝謝你。」

握了握手，他往回走。

但故事不能結束在這裡。我走回今晚落腳的庇護所，花了較高價格，買一瓶紅酒，打了開來，再走回去找 Alberto。

「你怎麼……怎麼做到的？」訝異寫滿他的臉。

當你真心想為別人做一件事，全世界都會知道，並爭先恐後幫忙的。

而我沒說的是，第一次在路上見到他，我不小心看到他膝蓋的傷口了。男孩啊，希望這瓶紅酒微醺了你，今晚別再往前走。

而你知道嗎？有能力付出的，才是最大收穫者。

Camino 24.1

Trabadelo → Vega de Valcarce 6.8 km

昨晚落腳的庇護所，是至今住過布置最雅致的一個。我的床在斜屋頂下，有一扇透了陽光的天窗。走出房間還有個庭院，可以在大石臼上洗衣服；不想曬太陽，可以去客廳，幾張鄉村風格、花色各異的沙發，還有一整牆書櫃和畫冊。

看上去都很美，事實上不是的。

女主人穿著中空黑薄紗，從白天到黑夜、黑夜到白天都沒有一絲笑容。我看苗頭不對，根本不訂晚餐，出門去吃，所以才會遇到Alberto。出門之前，看到女主人戴上塑膠手套準備做菜，我就知道自己做了正確的選擇。

只是，早上還是將就在庇護所吃早餐，東西一來便傻眼了——

小巧的咖啡、小巧的柳橙汁、小巧的吐司……

看上去都很美，事實上不是的。

吐司沒有我手掌心大，根本填不飽肚子，七點十五吃過早餐出發，不到九點就得再吃一次；不過，竟遇上自己烤蛋糕的 bar，核桃蛋糕扎實又好吃，還是得感謝薄紗女主人。

對了，我有沒有說過碎花沙發彈簧全壞了？一坐下去便會陷落……還有，洗衣服的石臼根本沒有連接水管，我的泡泡水全灑到後面農地上了……

看上去很美的更要小心，往往只流於形式啊。

Camino 24.2

Vega de Valcarce → O'Cebreiro 11.6 km（全日 18.4 km）

早上還在想：怎麼今天蘇格拉底出的功課這麼少？

上路之後才發現，這一路好難，要攀升不只七百公尺，登上聖地牙哥之前的最後一座山頭。

先是跟著公路走，然後循小徑爬山，絕對超過四十五度的陡升，只能專注在自己的呼吸，那些風和草原、牛和雲朵都成為浮光掠影。

只有馬，不能忽略。因為他們馱了客人走在我前面，時不時就來幾坨新鮮的，嗯，馬糞。

最後一段路，我和來自韓國的 Brasilio 同行，因為他沿途彈著樂音。又一個帶著吉他上路的朝聖者！

下午一點抵達目的地，汗氣蒸騰，今晚住在山的頂巔。為了用網路，到 bar 裡喝啤酒，而 Brasilio 正在外面唱著歌。天啊，他的共鳴好到可以唱任何歌曲，絕對都能從這個山頭唱給那個山頭。

從前我是不聽男聲的，直挺挺一如刺槍，哪有女聲那麼多變、剛柔並濟？

但上路以後，我感覺到自己不一樣了，重新練習當男生，並找到自己欣賞的那一款。

一如約書亞，一如悉達多，在他們之內，陰和陽都只是能量，他們只歸於中心。

再學一種和牌卡相關的，連結身和靈。

Camino 24.3
Pension Meson Carolo, O'Cebreiro

這是一個很美的小鎮。我走上小丘，回頭眺望，海拔一千三百三十公尺的小鎮輕巧地盤據山頭，中心是個老教堂，旁邊公路恰好成上下引號，圈住了石頭屋，好宮崎駿的地方。

這裡長住人口只有五十，其他都是移動的朝聖者。所以，小鎮只有餐廳、飯店、商家和庇護所，平常人家少之又少。

根據走了好幾回朝聖之路的 Barcilio 說，這裡總是下雨，少有這樣的晴朗天空。真好，我們是這樣相遇的。

我的旅程好像常如此，和別人說的不太一樣——我的倫敦無雨無霧，豔陽高照；我的紐約謙和有禮，從悲傷中復原……

所以，別聽我們詮釋旅行，你應該出發，尋找屬於你的世界。

世上所有本我緊緊相連，並且不帶評判地看著各自的小我做作。

Camino 25.1

O'Cebreiro → Triacastela 21.3 km

清晨和山頂上的第一道陽光一起起床，出門看見彩霞滿天。七點十分吃過特大號早餐才出門，十一點半走進小鎮午餐。

前幾天神仙姊姊建議我可以每天攜帶不同的光同行，我試著做了。昨天和今天邀請綠寶石之光陪伴我，並且將兩天行腳奉獻給家裡的小朋友——人和動物、在身邊和離開的。願豐盛與他們同在，永不匱乏。

於是，這兩天和大量的動物相遇，清晨還趕上了牛群出門吃草，牧羊犬緊緊相隨，貓兒只站在窗戶上送行。

真美的朝聖之路，連疲憊都自在。

體力來自意志，而睡眠給予身體。

Camino 25.2

Triacastela → Samos 10.5 km（全日 31.8 km）

朝聖之路有個神奇之處，不管早上跟多少人一起出發、沿途遇到多少舊識，每天就是會有一段路，專屬於你一個人。

陽光燦燦，樹影深深，蝴蝶和小鳥飛來飛去，這些片刻，全世界只有你知曉。

我非常享受這些一個人的時刻，覺得自己和自然融為一體，和過去未來也並行交錯。

拍照的人愛聊光，這裡的光很通透，讓每種顏色充滿亮度。我多想牢牢記住這些光，這世界有了光，一切就不一樣了。

願你也充滿光。

下午兩點五十走到目的地，完成今天的功課。

Camino 25.3

Hotel A Veiga, Samos

這一路上，我只使用這個半天、最多前個半天的照片寫字——既然要紀實，就應該連天候、情緒、光中的懸浮粒子一起記錄才是。

76

但這張照片卻是四天前的早上拍的。

那是一個老男人在家門口展示自己的手作木杖，他在一旁解釋著這些木頭如何經用云云；當時只覺得美，加上有清早斜射的陽光，就按下快門了。

沒想到今天在商店裡，竟然看見同一個角度、同一個畫面、色彩更豐富的明信片。我非常確定，因為也有一樣的門牌號碼：７６。

７６啊，在古早的ＢＢ Call年代，就是我名字，慶祐，的諧音。那時候要找媽媽、弟弟或農夫，都要打上這個數字。那個年代裡，好多話語都能用數字表白……

就這樣，被一張明信片提醒了四天前的照片，被一張照片提醒了二十年前的往事，誰能說歲月只是負心漢，偷了青春便不回頭？

偶爾的偶爾，這漢子也是會心軟，在你臉上留一個吻，讓你繼續執迷不悔……

Camino 26.1

Samos → Barbadelo 16.2 km

昨晚住的飯店很不錯，很好的床、很好的被子，吃晚餐的時候更是開心。

西班牙人吃得晚，餐廳八點半才正式營業，為了我們這些朝聖者，晚餐時間任我們選，只是無法提供全品項。

我前菜選了湯，竟然來了五人份任我盛裝；主菜只有燉牛肉，吃完一盤還問要不要？甜點還有超過十種選擇。連酒和礦泉水，一個人只要十一歐。

昨晚便在向河與山的綠意房間裡，一夜好眠。

今天早上吃早餐，又被嚇一跳——現搾橙汁、香濃咖啡、吃不完的麵包之外，竟然還有一盤點心讓我們帶在路上，一個人只要三點五歐，真是佛心。

朝聖之路挑住所全憑直覺，反而這兩天在看朝聖之後的旅程，感覺千萬難——選擇太多、價格太多、區域太多、欲望太多……

希望朝聖之路結束之前，真的能懂得化繁為簡。

七點半出發，十點半需要補充咖啡因，進小鎮休息。

別害怕翻天覆地的改變，你們便能從那裡重生。

Camino 26.2

Barbadelo → Portomarín 18.2 km（全日 34.4 km）

一個人旅行，要拍照留念很難；加上我老派，不用「自拍神器」，更是難上加難。

這時候，就需要路人的幫忙。

然而，我又是個對照片挑剔的人，角度、光影、構圖……如果少了或缺了，真的還不如不要。

今天就有個例子——

我愛這段木，它身上長了蕨，又恰好在森林邊角，襯著欣欣枝椏，一歲一枯榮。我先拍了照片，自以為美麗，也想坐上去留影。請人幫忙拍照，特別告訴他角度和對焦，結果就是人與景都朦朧。

幸好，我不愛入鏡。

今天經過大城 Sarria，那裡距離聖地牙哥一一三至一一五公里。朝聖之路的規矩，步行者最少走一百公里，很多人就從 Sarria 踏上朝聖之路。

剛離開 Sarria，我以為來到了草嶺古道，人也太多了，而且絡繹不絕，甚至有遊覽車隨行載行李……看在我這老派朝聖者眼裡，好像有機鳳梨遇上吃化肥的兄弟，一方面敦促自己挺起胸膛，別讓人小看；一方面又覺得怎麼人家輕輕鬆鬆、個頭這麼大；還有一方面希望老天爺知道，我們是友善環境小尖兵……

內心戲太多，把自己搞得好忙碌。

下午三點半抵達目的地，距離聖地牙哥，只剩九十二公里。

Camino 26.3

Casa Do Marabillas, Portomarín

走近 Portomarín 之前，只覺得這小鎮也太整齊了，一致的白牆黑瓦，還有一座四四方方的教堂在最高處。

走進來之後，才知道她背後的身世。

從前的朝聖之路、小鎮和古橋如今已不復見，只有湖水很低很低的夏天，它們才會浮出水面和從前住在那裡的老人見上一面。

是的，和長江三峽一樣，為了水力發電，小河蓄積成湖泊，只有那個羅馬時代的老教堂和另一個小教堂，被拆解成一塊塊石頭搬遷。如今，羅馬老教堂就在畫面中間偏右的制高點，繼續守護整齊畫一的小鎮。

這是六十年代的小鎮身世，而我今晚入住的庇護所，則是八十年代的故事。

當時，一個在醫院工作的男人買了一塊地，為家人建造一個度假屋，就在一片白牆黑瓦的小鎮上，堅持把房子漆成黃色。然而，房子還沒蓋好，男人便出了車禍，之後不久人世。

妻子從此不再走進只有空殼、沒有內裝的度假屋。

三十五年過去了，房子剛蓋好時還是孩子的兒子失業了，當記者的他被工作了十五年的報社辭退，長官說，沒有人要看報紙了。

中年兒子從此找不到工作，走投無路的時候，他想起早逝父親留下的度假屋，決定返鄉開闢成庇護所，並用祖父小名命名，彰顯他將扎根於此。

每個人、每個住所、每個地方，最少都有一則動人的傳奇。就是這一則則故事，編織成朝聖之路的星光熠熠。

Camino 27.1

Portomarín → Hospital 12.4 km

「明天的路，前面一半很無聊，後面比較有趣。」庇護所主人，Pedro，昨晚這樣跟我說。

沒想到今天早上起了大霧，漫布小鎮和森林，也蓋住了工廠和煙囪，一切景象被減了顏色，有種黑白年代的簡潔。

最後一段攀上山巔，天破了，雲開了，霧還捨不得散去。再過一會兒，霧捲成山谷裡的雲海，一切都美麗。

所以，別人說的不一定算數，每個人都有自己獨一無二的旅程。

世上有千千萬萬個我，可以幫助千千萬萬個你，只要你開口。

Camino 27.2

Hospital → Palas de Rei 12.4 km（全日 24.8 km）

昨天相識二十載的老朋友在台北聚會，我以視訊方式加入，大家還是聊得很開心。

「我覺得自己挺合適走朝聖之路的。」我說。

「那你要不要去弄個小蜜蜂？」好友打趣說。

以我的開車技術，還是別嚇朝聖者了。不過，若經營一個小巧的庇護所，或許是能力所及的。好的庇護所要有院子，讓奔波的朝聖者放鬆及晾衣服。好的庇護所房間不用太大，讓大家可以在偌大客廳及餐廳聊天。好的庇護所要有廚房，最好還提供飽足的朝聖餐。好的庇護所要有書，讓朝聖者找個舒適的角落閱讀……

想著想著，突然發現，我鄉下的家挺合適當庇護所；甚至規畫之初，就把這些想法放進去了。只是我的心太小，只能提供親朋好友走進去。將來吧，或許心會大一點，便可以接待更多人了。Green Shelter，我家的名字，以後便翻譯成：綠色庇護所。

下午兩點半走到目的地，左腳腳踝前側怪怪的，要注意。

Camino 27.3

Albergue San Marcos, Palas de Rei

朝聖之路還沒結束，我已經開始想念朝聖餐了。

西班牙的消費在歐洲算便宜的，但早餐還是三歐起跳，午餐連飲料最少五歐；可我最期待的晚餐啊，兩道主食加一道甜點，連同酒和水，竟然十歐就夠了。

所以，我每天下午抵達目的地、check in 之後，一定問庇護所或飯店櫃台：「請問你推薦哪家餐廳？」今晚這家值得推薦，Meson A Forxa，走進去聽見服務生和廚房吵架，就知道來對地方了——一定是個家族餐廳，前檯女兒和大後方老媽媽槓上了。

果不其然，西班牙的湯對我來說都太鹹，這裡的海鮮湯卻恰到好處。而主菜是這個省分的招牌菜，橄欖油章魚佐馬鈴薯，這道菜單點就要十歐，而這個朝聖餐只要九點五歐……

不過，我得說，料理海鮮還是台灣和香港拿手，增一分則太熟、減一分則太生的拿捏，說給西方人聽實在太困難了。只能說：富過三代，始知吃穿，我們可富饒呀。

這裡都是一個人用餐，是朝聖餐另一個美妙之處，以人頭計價——你一個人來，我也懶得倒半瓶酒，就整瓶送你吧。

一個人到西班牙旅行，請務必試試朝聖餐。

關於花費

朝聖之路究竟要花多少錢？那真的得看你是怎樣的朝聖者。

如果你都住庇護所，自己揹行李、自己煮食，其實平均每天二十至三十歐就夠了。

如果你跟我一樣，自己揹行李，庇護所和飯店各半，並且兩人同房，中午野餐或簡單吃，晚上朝聖餐，平均每天四十至五十歐。

如果你只能一個人住，行李要用寄的，並且喜歡在餐廳用膳，平均每天八十至一百歐就用不完了。

朝聖之路真的很省，快點訂機票吧！

Camino 28.1

Palas de Rei → Boente 20.5 km

常常在清晨看到這種景象——有些朝聖者就睡在路邊，真正的天地為家。

然後就想：如果有天我也能這樣，便是真正的自由了。

但究竟什麼是自由？今天和來自澳門的 Patrick 同行一段路，聊的正是這個話題。

「蔡英文總統上任了，你支持嗎？」他小心翼翼地問，深怕誤觸了什麼。

「當然支持，至少我們有選舉和女人當政的自由。」我說。

就這樣，我們聊開了。他告訴我澳門人很沉默，主流意見是大家要乖乖的，跟著政府走；年輕人如他，轉而支持在香港和台灣的運動，比如占中和太陽花。

「澳門很保守，生活很緊迫。」他說：「我們都覺得台灣最自由。」

他的朋友聽到他要來朝聖之路，紛紛露出不可思議的表情。

「他們告訴我：我不知道什麼是 Camino，但你要去走一百公里的路，那肯定是瘋了。」

哈哈，那我走八百公里，就瘋得更澈底了。

其實，我早就自由了。

十一點五十吃午餐，然後下了雨，便坐在餐廳看雨。

Camino 28.2

Boente → Arzúa 8.4 km（全日 28.9 km）

這兩天都會在路上遇到一個小團體，昨天還入住了同一個庇護所。兩個年輕牧師帶著五個十來歲的青少男，他們自己煮食、自己揹行李，早早就寢、早早出發，一路上只有認真走路、認真蓋章。

在一旁的我看著，覺得挺好，或許將來可以帶著我弟兩個孩子上路試試。旋即又想，若是青春期的我知道要這樣和別人一起生活，應該會痛苦萬分吧……

是啊，年輕時的我討厭紀律，好比當兵、住校，全是拒絕往來戶；後來才發現，其實我就是有紀律的人，只要可以選擇自己想要的，便能用紀律去完成。

我的朝聖之路也是紀律之路，今天一樣下午三點前抵達目的地。

恨和愛一樣要動用情感，討厭和喜歡，或許也只是一體兩面。

你害怕什麼？把它看清楚，你將發現你害怕的是自己。

Camino 28.3

Pension Don Quijote, Arzúa

今天來到一個好不朝聖之路的現代小鎮，住進一個名叫「唐吉軻德」的民宿裡。

星期日的空空街道上，走路的全是朝聖者。

「還有兩天要到聖地牙哥了，你覺得自己有什麼改變？」晚餐的時候，我問蘇格拉底。

「以後不在乎開什麼車了。」

他說他在學會說「媽媽」之前，先學會說「車」；會開車之後，就開著愈來愈名貴的車。朝聖之路以後，他把車子放下了。

「我決定要坐三十二小時巴士回家，想感覺一下走過的這兩千公里路換了巴士之後，是怎樣感受。」

捨八十歐的飛機不坐，選擇兩百歐的巴士，只為了感受，我還真是佩服他。

「那你呢？有什麼改變？」他問我。

這好難用英文說。他點點頭。

「即使用你的語言，也不容易表達。」

是啊，一部分的自己覺得改變好多，一部分的自己又覺得這就是我。大概像是剛上國中的國小畢業生，身高還沒抽長、戀愛也還沒嘗過，只有書包換了一個。

「很多改變不是現在發生，之後才會有感覺。」他這樣告訴我。

好呀，那我就揹著新書包，假裝自己長大了，然後，就會真的長大了。

朝聖之路第二十九天，竟然看到和日本朝聖之路相同的景象。這不是Déjà vu，這是同一個世界，我們都來過。

Camino 29.1

Arzúa → O Pedrouzo 19 km

一生吃過多少餐廳？記得的有幾家？

我坐在這裡喝咖啡，想的就是這個。

天花板吊著一件又一件的T恤，全是朝聖者的留言；牆上貼滿一張又一張的紙，也全是朝聖者的字跡。

大概旅程到了最末，都有滿腔的話想說吧？店家索性提供了每一吋空間，任由你說。

而我就只是走過。想說的話，得說給聽得懂的人，否則也只是一種塗鴉。

七點出發，十一點五十午餐，再來的每一步都好珍貴。

而人生的哪一步不是呢？

Camino 29.2

O Pedrouzo → Lavacolla 9.7 km（全日 28.7 km）

昨天晚上開始下雨，今天一個早上繼續溼答答；午餐之後，又是大晴天了。

朝聖之路其實也是動物之路，除了貓、狗和昆蟲，牛、羊、馬都是伴隨左右的。只是，這裡的馬以白馬居多，難不成西班牙人都是薛平貴，要身騎白馬走三關……

這樣的田園景象，平淡而非凡，王寶釧若是無所事事，應該可以用寒窯來經營個庇護所什麼的吧。

下午兩點十五分完成功課。獲知家裡小狗有些身體不適，在朝聖之路為他祈福。

當你只把目光投向外界，就沒時間爬梳內裡；當你懂得照顧自己的心，外在一切才能迎刃而解。

Camino 29.3

Casa Lavacolla

「其實我有些焦慮。」我這樣跟蘇格拉底說。

白天我們都會分別走，下午抵達目的地之後，才相約一起喝啤酒、吃零食，聊聊這一天的路程；然後他寫他的日記，我寫我的臉書，慵懶的朝聖者生活。

今天下午，他說他規畫好之後的退休生活，要去當志工接送行動不便的人、要去瑞士朝聖者辦公室提供自己的經驗、還要每天練習彈鋼琴。

「我愛開車、愛走路，這樣的生活將會很不錯。」然後他問我：「那你想好你之後要做什麼了？」

沒有，而且明天就要走上法國之路最後一程，有種交稿前的焦慮——怎麼靈感總也不來？

「不用焦慮，沒有就沒有。」他說。

我們去吃朝聖餐，和德國男孩 Marco 一起，他在上路後十天買了帳篷，覺得這樣又便宜又不用忍受庇護所的打呼聲，只要找地方洗澡就可以了。

下一刻，Marco 喝下一口礦泉水，開心地笑了。

「可以喝這樣的水而不是自來水，實在太棒了！」他說：「走上朝聖之路，才知道小事才是大事。」

那一瞬間，我懂得了，朝聖之路沒有要我做什麼大改變，只是要我忠於自己，並真心看到身邊的人需要什麼，如此而已。

看到蘇格拉底的規畫替他開心，而不是焦慮自己還沒有規畫；看到 Marco 的自在替他快樂，而不是反省自己不夠自在。

「我」有各種我，別只被小我迷惑，去看見大我，並忠於那個與萬事萬物相關連的自己。

蘇格拉底看到我拍的照片，驚訝地問：怎麼今天森林裡有這樣的陽光？

有喔有喔，老天慈悲，讓我遇見了。而我相信，老天會繼續慈悲，繼續照顧像我這樣真心追尋答案的人。

明天就要抵達聖地牙哥，八百公里即將結束了。

Camino 30.1

Lavacolla → Santiago de Compostela 7.4 km

一早六點半出門，想找地方吃早餐，沒想到竟然一路走到了聖地牙哥邊陲，八點十五才找到餐廳。

一路上又是雨又是霧，肚子餓扁扁，卻好像就該這種氣候、這種輕盈，蘇東坡早已為我定風波。

「莫聽穿林打葉聲，何妨吟嘯且徐行。竹杖芒鞋輕勝馬，誰怕？一蓑煙雨任平生。料峭春風吹酒醒，微冷，山頭斜照卻相迎。回首向來蕭瑟處，歸去，也無風雨也無晴。」

距離終點，聖地牙哥大教堂，只剩下三公里。

Camino 30.2

Santiago de Compostela

抵達大教堂的時候，蘇格拉底倚著杖，哭了起來。

我輕撫他的心輪後方，親愛的朋友，我懂，我懂。

然後我們給了彼此最深的擁抱，兩個人都落淚了。

換了證書，據說，此生罪孽會在最後審判時減半。

其實可以不用。從前的因果我願意了卻，未來的恩寵我願意奉獻，我只是完成了我該完成的，並且將

Capitulum huius
Almae Apostolicae
et Metropolitanae Ecclesiae
Compostellanae, sigilli Altaris
Beati Iacobi Apostoli custos, ut
omnibus Fidelibus et Peregrinis ex toto terrarum
Orbe, devotionis affectu vel voti causa, ad limina
SANCTI IACOBI, Apostoli Nostri, Hispaniarum
Patroni et Tutelaris convenientibus, authenticas
visitationis litteras expediat, omnibus et singulis
praesentes inspecturis notum facit: Dominum
Autumn Ching-Yu Chen
hoc sacratissimum templum, perfecto itinere
sive pedibus sive equitando post postrema centum
milia metrorum, birota vero post ducenta, pietatis
causa, devote visitasse. In quorum fidem praesentes
litteras, sigillo eiusdem Sanctae Ecclesiae munitas,
ei confert.
Datum Compostellae die
mense Iunii
anno Dni 2016
Segundo L. Pérez López
Decanus S.A.M.E. Cathedralis Compostellanae

這一刻的榮耀，歸於所有我愛的人和愛我的人。

謝謝宇宙愛我。

Camino 30.3

Pension Alfonsa, Santiago de Compostela

今天很激動，參加彌撒時也是，看著大教堂的香爐晃呀晃，頗有要把一生看盡了的錯覺。

和蘇格拉底、Patrick 一起午餐之後，回到一個人的房間，大教堂就懸在窗上。這個我走了八百公里才能如此貼近的地方，給了我好多好多不一樣的希望。

然後去剪頭髮。我二十年來都在同一個地方剪髮，也是第一次在國外上理髮廳，只是想把自己整理一下，流浪漢的日子要告一段落了。

對，我決定坐巴士去向大海，一如初衷，讓身體休息一下。這三十天來，我總是庇護所裡最早起來的人，做完靜坐和呼吸練習之後再出發走路。再來想讓節奏慢下來，更多獨處和靜默。

旅程繼續，而朝聖已然結束了。

晚餐還是和蘇格拉底及 Patrick，我把小朋友送的大甲媽祖平安符轉贈給了 Patrick，他來自澳門，一定懂得我們的信仰。再次謝謝小朋友。

蘇格拉底最讓我捨不得。三十天的朝聖之路，我們相處了二十天——跟他說我瘦了、褲子要掉了，他拿出安全別針給我；跟他說相機記憶卡滿了、要刪照片了，他拿出全新的卡給我……

他若不是天使，就是小叮噹了。
謝謝老天爺派這麼棒的人陪伴我、照顧我。我想，我們還會再見的，今生或永恆罷了。
明天又會是怎樣的我？明天又會是怎樣的你？
請務必快樂。

從今天開始，做一個全新的人；
不是和過去道別，而是和從前的自己和解。
從現在開始，做一個勇敢的人；
不是過往太軟弱，而是未來的自己更堅強。
明天太陽昇起的時候，還是會沮喪，還是會寂寞……
但親愛的請你記得——
過去從未過去，未來不會到來，
每個當下，繁花盛開。

上路後

西班牙

Restaurant Os Tres Golpes, Fisterra

不當朝聖者的第一天，做些什麼？

吃早餐、坐車、吃午餐。

一早起來，被旅館的早餐陣仗嚇到——一壺咖啡、一壺牛奶、一壺柳橙汁、一籃蛋糕、一籃麵包、一盤奶油、一盤果醬、一盤起司火腿、一杯蜂蜜，然後還問：兩顆蛋要怎麼做？

我非常不朝聖者地吃太多。一上公車，往大海去，才想起自己三十天沒坐過車了。

一到 Fisterra，一位大姊招攬客人要一起去庇護所，她要我等她一下，但她就沒回來了……另一位媽媽問我要不要一個帶浴室房間？竟然和庇護所同價，當然跟著她走。

原來是餐廳樓上的民宿啊，我一看到別人桌上吃的食物，就決定住這裡、吃這裡了，因為一定是老媽媽的廚藝，而且位在當地人才知道的巷弄裡。

於是，我也為自己叫碗湯，並請他們不加鹽，這裡的食物對我來說都太鹹了。海鮮湯上桌了，番紅花的香氣和色澤，還有超多熟度剛好的蝦和貝殼，怎麼能沒有白酒？果然，餐廳前方有自己的養殖槽，海鮮才會這麼迷人。

酒足飯飽，要來去世界的盡頭燒衣服了。

朝聖之後一天，來到世界的盡頭，Fisterra。美洲被哥倫布找到之前，這裡被歐洲人認為是天之涯、地之角，世界至此告一段落。大概一如現在的地球人。

Fisterra

早上將醒未醒，就聽見房間天窗落了貓狗雨，開始擔心起路上的弟兄姊妹。旅館給了我一把傘，收起雨衣，我不再是朝聖者了。

車上看著朝聖者風雨前行，沒有慶幸，只有憐憫和敬意。那美好一仗，我已打過。

整理好要化去的衣物，我默默步行。那是蘇格拉底給的半根權杖、農夫的發熱衣、土耳其航空的毯子和我的背心。

我最捨不得權杖的心意和陪伴，但實在帶不走，只好請民宿幫我鋸成兩半，蘇格拉底署名的那半將帶回台灣，陪我老去。

農夫怕熱不怕冷，帶著他穿鬆的發熱衣，彷彿這些路程他都陪伴左右。

而怕冷的我特別再要了土耳其航空的毯子，當圍巾或披肩都挺合適的。

最有紀念價值的是我的背心。當年，二十八歲的我壯遊到了芝加哥，也漸漸進入秋天，好友姊姊忍著害喜的不適，和姊夫開車載我去 outlet，我挑了保暖背心，一穿十六載。

說到底，沒一件想燒的，但就是要化去了。

從前的朝聖者不會只走到聖地牙哥為止，而是繼續前行，直到這個天涯的盡頭、聖雅各遺體被尋獲的地方、朝聖之路 0 km 的起點，將一身衣物化去，重新做人。

但是，我忘了自己是不會起火的人，用盡一盒火柴只凍死了女孩……

只好去靠行。兩個女孩帶了烈酒，升起了熊熊烈火，朝聖者們都拿出了一部分代表自己的，紛紛加入了星星之火。

我向來愛看火，那人類文明的起源也高調地摧枯拉朽，我怕冷的一切防禦，便吹散在風中。

還好有太陽，有夏天，繼續愛我。

坐上 0 km 的里程碑，從今天開始，我是另一個我。

別說你企圖相信的，要說你深信不疑的。

Fisterra

昨晚十點之前便沉沉睡去，早上七點才醒來，有種如釋重負的放鬆。

看見窗外陽光灑滿海面，便替蘇格拉底開心。他今天上路，走來我即將離開的這裡。然後看到訊息，家裡小狗送急救，一顆心揪著，便繼續賴在床上了。

很感謝路途上的房間，收容了我所有快樂、悲傷、疲倦和隨性。一如蘇格拉底說過的，好多好多人事物同心協力，才完成了我們的朝聖之路。

親愛的大寶寶，Brownie，我們都放鬆，接受所有來到眼前的；我在朝聖之路的終點，為你獻上所有我會的、我能的、我踮腳引頸期盼企及的，深深祝福。

Muxia

來到另一個位於朝聖之路終點附近的濱海小鎮，因為聽到這個故事。

相傳聖雅各在西班牙宣教時，因信眾少而氣餒，坐在這裡的海邊，聖母顯現替他加油打氣。

今天的我挺合適來到這裡。我們會對相信的事感到懷疑，並且期待一個希望、一個 sign 讓自己繼續前行。

我們是人，所以會脆弱，而這樣的自己恰好放空了，讓堅強進來。

我循著箭頭，四肢並用，爬上山巔。竟然看見，一對老夫妻風雨無驚地坐在那裡，完全看不出剛剛也走了和我一樣艱險的路。

人生大概便是如此吧，酸鹹苦辣最終都將熬成甜蜜。

按下快門時，老先生舉起了手，指引了天堂的方向。

葡萄牙

Residential Santo Andre, Porto

抵達 Muxia 的時候，便想將朝聖之路告一段落了。

聖地牙哥所在的 Galicia 省因為面海背山，水氣應該是全西班牙之冠，據說世界的盡頭往往讓人分不清哪裡是海？哪裡是陸？

我這兩天也見識到忽晴忽雨晚娘臉，突然有了離意。

於是坐上巴士轉車，往此行第三個國度，葡萄牙前進。

因為是臨時起意，當然沒有訂房間，我想看看自己會怎麼樣。

抵達 Porto，先乘地鐵進老城，才知道困難了。老城裡的旅館貴的貴、滿的滿，晚上九點，還沒晚餐，而且找不到一個房間。

最後，我走進一家老飯店，想知道有沒有最後一分鐘特價……

「我幫你上 booking 看看，會比較便宜。」和善的小姐這樣告訴我，她甚至讓我使用 Wi-Fi，一起上網。

小姐竭盡所能地給予特惠，但房價依然令我咋舌，她竟然說，那你就坐在大廳，尋找合宜的房間吧。

就這樣，我在她和網路的幫忙下，找到近在咫尺的民宿可以棲身兩晚。她替我拉開大門，還拿一張名片給我，要我有困難時再回來。謝謝妳，我的又一枚天使。

然後，想念起家鄉味了。幸好葡萄牙菜有幾味可以暖胃，點了一道臘腸牛肚燉小排，還搭配白飯，再加點二〇一三年的小瓶紅酒，給自己一些鼓勵，也壓一壓驚。

世界之大，不怕沒地方睡，端看想不想脫離舒適圈罷了。

／

這是葡萄牙第二大城，城市很美，只是被我浪費了。

家裡小狗去當天使了，想到就有淚水，於是清晨開始散步，一直走、一直走，想用腳代替心疼。

但沒有用。因為仍愛著，所以捨不得。

我挑僻靜小路走，一連遇見好幾個黑貓，他們也不怕我，讓我陪著他們坐，陽光灑落，和黑貓一點一滴溫暖了我。

然後妹妹寫了訊息來：「請放寬心，讓沿途的風療癒你的心，我的心與你們一家同在。」

是啊，小狗應該無所不在了，此刻可以跟一陣風來，陪我和黑貓一起坐，他會說：不要掉眼淚，我們就這樣天長地久了。

抬起頭，應該有偶像在拍型錄或宣傳照什麼的，我也隨手拍下他們走過教堂瓷磚牆前的無痕青春。

人們都戀慕青春、貪生怕死，那無法得到究極的答案；總得站在死亡的那一側，人生才能圓滿，不是嗎？

小狗送醫那一天，我夢見二十年前養的狗回來了，如今想來，他是來接弟弟的。這樣很好，他們可以作伴，還有我天上的家人；真正的愛，是可以跨越時空、穿透死生的。

謝謝你，我的大寶寶 Brownie，你總是一次又一次教會我。幸會了，我的天使。

起伏的城市適合遠觀，走在其間常常坐這山望那山。曲折的人生需要沉澱，等待時光淘洗雜緒留下美好。於是決定告別這裡，前往里斯本。

FeelingLisbon Apartment, Lisbon

我在里斯本有間公寓，雖然背後都是悲傷的故事。

又是臨時起意去遠方，但這回有在最後一分鐘訂房了。只是，網站跳出一間之前沒看過的公寓，而且只要半價，我就大膽地訂了。

走進公寓，著實嚇一跳——位於市中心，陽光充足的獨門獨戶，超過二十坪的二房一廳一衛，而且有完整廚房和洗衣區，樓下還有住戶共用的花園。

「你怎麼突然想從 Porto 到這裡？」女主人問我。

「我的狗過世了，想換個地方。」我誠實回答。

「對，事情常是這樣發生的。」她說：「這個公寓原本是對英格蘭情侶訂的，他們的朋友被槍殺，臨時取消訂房，我放上網路，你就訂了。」

因為那對情侶付了所有房錢，所以我只用半價入住了。

我把衣服洗了，住進主臥房，讓單人房成為瑜伽室，然後洗了澡，去超市採買。因為有間公寓，便放膽買了好多食材，連咖啡膠囊都齊備了，然後開始洗手做羹湯。

切開的雞腿兩面煎黃，連同番茄、皺葉高麗菜一起來燉湯，再用逼出來的雞油炒大蔥，放進湯裡增添甜香。烤過的麵包加上好奶油，再搭配一瓶綠酒；這是葡萄牙特產，取未熟的葡萄釀造，清爽微氣泡，酒精濃度不到百分之十。

那鍋湯呼應了十八年前的美國行。農夫的胃思鄉，好友和我們住進有廚房的 Carmel 鄉間小築，農夫也燉了鍋雞湯；然後我們去沙灘上唱了整晚的鄧麗君，成了我記憶中在美國最快樂的一夜。

今年好友要去舊地重遊，才發現重新裝潢了，從前的鄉村風已不復見，成為另一幢陌生旅店了。世間一切都留不住，美好和破落都是一瞬間，快樂和悲傷也都不會久長；但穿過了美好和快樂，便會在心中留下愛，足以對抗破落和悲傷。我就是這樣，住進里斯本公寓裡的。

如今，我的里斯本只有這幢公寓，我在公寓裡聽音樂喝酒，因為我知道，這世界依然有人愛我。

／

以為離開一個起伏的城，旅途從此平坦，哪知到了另一個更曲折的大城，終於贏過了舊金山。

中午回公寓做菜，收到一位長輩離世的消息。最後一面是在大草原婚禮上，阿公穿著西裝，整個人笑成一朵春花，帶著金光走了進來；那瞬間，新娘妹妹滾出了淚珠，時間靜止，所有人看著這美好畫面在眼前流淌。

阿公走了，無痛無痛，我在向海的地方向阿公道別，好榮幸認識這樣一個傳奇耆老。

旅程繼續，里斯本也沒有要放過我的意思，小路崎嶇蜿蜒，加上我命帶迷途，常覺得自己走在一個又一個 W 裡。

總有低潮，也一定有高峰。這便是里斯本教會我的事。

／

今天坐上二十八號電車，穿梭在里斯本起伏如W山丘之間。

這座城原本會有個老朋友等我。她想來長住寫作，順便等我結束朝聖之路後相會。而另一個好朋友也動過來找我的念頭，想一起吃吃喝喝。

而今，我還是隻身旅行，他們都被事情絆住了。

這樣也很好，一個人不代表寂寞，孤單是極大的自由。

吃早餐的時候才決定今天要去哪裡，餓了就鑽進小巷找本地人最多的小店。中午就這樣吃到五歐的烤沙丁魚，隔壁大條巷子美輪美奐的餐廳，觀光客每人要花上一倍價格。

看完老城區，回公寓喝咖啡，然後問自己：下午想去哪裡？

Tasca do Chico, Lisbon

「去聽歌吧。」神仙姊姊建議。

Fado（命運之歌）誕生於里斯本，如泣如訴、纏綿悱惻，通常是一個歌手、一個古典吉他手和一個葡萄牙吉他手一起表演。不過，給觀光客去的晚餐秀價格不低，而且虛華得多，我向公寓女主人求教。

「最好的只有一間，」她非常戲劇化地說：「很小很小，就像以前給窮人去的地方，很多人擠不進去。」

於是，我七點先去訂了位置，比我公寓還小的店鋪；等八點半再去聽歌，竟然人滿到門外了。我和一個美國人、一對南韓人同桌，才知道這是殿堂級的地方。九點以後，燈暗去了，一個男人唱第一棒。

確實是種宣洩情緒的樂音，而且多用腹腔共鳴，不是繞梁的那種，而是盪氣迴腸。小店裡，每個人都醉了。

Fado 最早出現在十九世紀初，我想，那時候葡萄牙家道中落了，這音樂不見得傷悲，但「緬懷」確實是主調——那些繁華已是過眼雲煙，想起的時候，美過往昔。

聽了三輪，深夜一個人散步回家，是此行最晚歸了，皎潔滿月高掛，銀色之光灑落，我也哼著自己的歌。

而我的公寓，便是以 Fado 為主題，牆上掛了吉他和老唱片，合適緬懷與沉澱。

／

大樹下，噴泉旁，向海的里斯本一覽無遺。我坐著吹風，男人輕輕幫另一個男人按摩，然後在他肩上摩挲；男人回了頭，看看後方的我，我笑了笑，那隻手就再也沒放開了。

還有，清晨遇到一個男人上了另一個男人的車，他們給了對方一個吻，我在車外見證了愛情。

／

里斯本晚上六點半，進行一個結合晚餐、清冰箱及向檸檬樹致敬的動作。

公寓向著花園窗外有棵檸檬樹，滿枝椏的黃果實沉甸甸地在光天化日下勾引著我。我也很想摘一顆但是不可以，就去超市買。

半顆黃檸檬切片和氣泡水送作堆，另外半顆拿來做菜。

冰箱剩下的兩根大蔥切絲，用奶油拌炒至香甜，再放進蝦仁煸一下；起鍋之後，檸檬皮刨絲添香，檸檬擠汁佐味，再搭配白酒和麵包。

「下午好熱，回來躲太陽就不想出門了。」視訊時，我跟農夫說：「今天三十一度了！」

「我這裡今天三十七點二度。」他不疾不徐地回我。

好，等後天抵達四十五度的塞維亞，我再跟你比吧……

Churrasqueira da Paz, Lisbon

這是葡萄牙海鮮飯，來里斯本的人大抵都嘗過。但這碗不同，是一家小店、一個老媽媽特別為我做的。

朝聖之後，更不想當觀光客，我總遠離觀光區覓食。但就要離開里斯本了，還是沒吃到海鮮飯，再次求教公寓女主人。

「最好的只有一間，」她真的很像柯南。「但他們不是每天都做。」

這爿小店離我公寓不遠，來的都是工人和鄰居，我昨晚看月亮的時候就先來過。

「請問明天有海鮮飯嗎？」

「我們只有星期日做。」年輕老闆回我。

但我明天就離開了……之前來吃過烤肉，他還記得我。下一刻，他拿起電話，問他媽媽第二天要不要做海鮮飯？

「媽，那個白髮亞洲人又來了，他說他想吃海鮮飯，但他要走了，妳明天要不要為他做？」我聽不懂葡萄牙語，以上為設計對白。

結束通話，他對我說：你明天中午過來吧。

我來了，準時十二點，廚房裡的老媽媽、烤台上的老爸爸和外場的年輕老闆見了我，一如熟客。然後，海鮮飯和白酒就端上桌了。

好好吃！與其說是飯，更像粒粒堅挺的粥。而我知道，更美味的是人情，還有，我在小店裡用觀光客三分之一的價格吃到了里斯本定番。許多尋常上了商業場合，怎麼都成了奢侈？

即使波折，旅途上還是有令人驚豔的際遇等待著。謝謝小店，還有，宇宙。

黑暗也是一種救贖。

／

為了感謝里斯本公寓收藏了我的情緒，轉身離開之前，想繞一圈再走。

然後，就迷路了。

印象中繞了幾個彎，經過幾個陌生廣場，再來就闖進一個頹傾的老教堂：牆還在，穹頂毀了，成了市中心一處殘缺的溫柔。我走進去，聽到掌聲響起，竟然遇上一場演奏會。

好吧，命運這麼安排，就先放下迷路和晚餐，我坐上台階觀眾席，欣賞里斯本的夏夜晚風。

好像此城就該趁月色離去，於是買了夜行巴士，天亮之後返回西班牙，前進安達魯西亞。

西班牙

Sevilla

我在塞維亞也有間公寓，Airbnb 訂的；想說此行還沒試過，應該嘗試看看。

昨晚九點半上了夜行巴士，感覺自己又在路上了。天漸漸黑了，月娘車外相隨，比想像中容易睡去。半夜十二點到了休息站，吃了一盒冰淇淋。

凌晨四點十五，車裡的燈又亮了，以為又是休息。結果……竟然提早兩小時抵達塞維亞了！司機先生，你是不是趁我們睡著了，替巴士裝上翅膀？

再來就是我最擅長的，迷路。

女主人說，車站走到公寓十五分鐘，我在漆黑中整整找了一個半小時。但沿途風景如畫，我說的是人。酒吧和舞廳的客人正要散去，衣香鬢影的正妹鮮肉們乘著酒意喧譁，還有一對花美男激吻了起來，一位還替另一位脫了上衣襲胸……

幸運地，一群酒客幫助我，用智慧型手機幫我找到公寓。之前就和女主人說好，我會提前入住，她說會把鑰匙放在牆上。

牆上？我像蜘蛛人一樣摸遍了牆，竟然找不到？

別擔心，我走到附近一個飯店，請求使用無線網路，櫃台小姐看到我的窘境，誠懇地點頭。

再次打開訊息，才發現女主人又留了一則給我，鑰匙在牆上的小保險盒裡，用密碼便能打開。

於是，下車兩小時後，也就是原本應該抵達塞維亞的時間，我進到公寓裡了。

Casa de la Guitarra, Sevilla

此城是佛朗明哥的故鄉，便找了一家觀賞。

佛朗明哥不只是舞蹈，也是一種音樂類型和表演形式，塞維亞老城裡有許多小型表演場地。我挑選的這一家由一位神乎其技的吉他手、一位聲音滄桑的歌手、一位結合彭佳慧與劉真於一身的舞蹈家一同演出。

當然，觀眾最捧場的就是彭真了。她一舉手、一投足都鏗鏘有力，整個身子像可以拆開再重組，五官和動作都有戲，而且股四頭肌超有力，踢腳的聲音至今盤旋在我腦海裡。

看完表演，轉過大教堂，遊客正要享受塞維亞的低垂夜幕，而我這單身旅人則要回公寓參見周公了。

Reales Alcazares, Sevilla

做了一場夢。夢裡，小狗長出了尾巴，健康開心地在草地上奔跑，而且遇見外婆了。

一場好夢往往勝過千山萬水。但若沒有千山萬水，意識不會被翻攪那麼深、那麼多。

一如位在王宮最底部、最深處的神祕水塘。沒有走過華麗堂皇的重重廳堂和亭台樓閣的御花園，就看不到這幅景象；至少見過廳堂和花園的我，和這如畫一幕相遇了。

「一切有為法，如夢幻泡影，如露亦如電，應作如是觀。」

繁華攏是夢，夢裡亦知身是客，一晌貪歡。

我在你裡面，一如你在我之中；你經由我對話，一如我經由你宣說。

Cathedral de Sevilla

塞維亞大教堂，世界三大教堂之一，哥倫布懸棺在此。

而大教堂外面，熙來攘往街道上，有這樣一整排廣告——飛揚的彩虹旗、皮革緊箍的屁股蛋、同性戀人的笑容，宣傳著 LGBT 同志遊行，經過的人都會注視，也沒看到有人抗議什麼。

於是，宗教和彩虹旗並列，成為塞維亞最美的景致。

別說彩虹旗不代表立場，商人重利輕別離，我選擇用不消費教訓他們的無良；別說同志挺罷工為了搏版面，這世上沒有同性戀，許多美好都會垮台。

看到和你不一樣的立場出現，別急著說你自己的話語，先聽聽對方的聲音，那才叫做尊重。

我就這樣尊敬著西班牙的午休，也養成在公寓裡躲太陽的習慣了。

Mezquita-Catedral, Córdoba

來到安達魯西亞第二個城市，哥多華。

伊斯蘭和天主教二合一，大抵就是安達魯西亞美學，而哥多華主教堂更是箇中翹楚——從前的回教堂改成了天主堂，前者的幾何精工遇上後者的藝術崇拜，就成了絕無僅有的美麗。

而我這個喜歡綠建築的旅人更是真心給了讚，若是天下老屋都這樣保留和改造，才是真正的環境和文史保護。

Hotel Mezquita, Corboda

旅行的時候，能力範圍之內，我盡量住在老城區，想去的地方都在不遠處，而且往往可以賺到幾個非日常時刻。

我就住在哥多華主教堂旁，房間的窗戶可以眺望穹頂和高塔。吃過晚飯之後，旅行團也都離去，石坡路清幽不少；我散步回去路上，就在飯店門口遇上一場主教堂婚禮。

晚上九點的天光，和幸福一樣金光閃閃。

安達魯西亞是西班牙最熱的地方，前陣子已經出現四十五度高溫了。不過，這裡的熱很乾爽，我這種不太流汗的一整天皮膚都是滑順的，洗了衣服兩小時就乾，而且有種漿過的挺拔，挺合適溼疹和蕁麻疹患者。

Alhambra, Granada

來到安達魯西亞第三個城市，格拉納達。

旅程計畫之初，沒打算到西班牙南部，導演好友說是很不錯的地方；而畫家表妹竟然也說一定要去格拉納達，是全西班牙最美的地方。所以，我就在這裡了。

來此城的遊客都是為了阿爾罕布拉宮，網路訂票最好提前三個月，但我的行程飄忽，實難從命。幸運地，我在早已全滿的六月日程上，竟然訂到唯一有剩的今天下午七點進王宮的票。

其實，到了現場還是有保留票，只是比較難掌握時間。工作人員告訴我，這兩天退票人數多，所以現場還有許多票。我猜想，網路訂票應該是被旅行社壟斷了吧。

而此宮之大、之美，真的無法用言語形容。特別是王宮，「雕欄玉砌」四個字當之無愧，從鐘乳石一般的天花，到大理石鏤刻的上牆面，再到各樣瓷磚拼貼的下牆面，還有穿梭室內外的流水噴泉，以及修剪得恰到好處的庭園，沒有三小時真的走不出來。

只是，我一邊讚歎，一邊憂慮——負責清掃的家政婦啊，那天花要用多高的梯子才能爬上去？那窗框積了灰該怎麼處理？那瓷磚不小心缺一角可有得補？

回到家徒四壁的飯店房間，覺得我還是比較適合住這裡……

Albaicin, Granada

安達魯西亞有許多白色小鎮，位於格拉納達的阿爾拜辛便與阿爾罕布拉宮同列世界遺產，兩者各居山頭相望。

昨天在王宮看到此區的美，今天便從此區眺望王宮。

走進阿爾拜辛，幾乎走進伊斯坦堡蜿蜒的街道，賣著一樣的香料和魔鬼之眼，只是說西班牙話罷了。

到了制高點，找好構圖、按下快門之際，一隻鴿子就飛進來搶鏡頭，停的位置和姿勢恰到好處，表情也氣定神閒，好吧，就讓你露露臉。

而拍到的宮殿只是其中一半，可以見得此宮之大，打掃起來真的不容易……

Madrid

我在馬德里又有間公寓，一樣是 Airbnb 訂的。女主人寫著：「Cozy Oasis」，而且宣稱此屋擁有美好而正向的能量，我就訂房了。

不過，之前住的公寓都是為了客人而存在，不沾煙火。這公寓不一樣，女主人只是去了墨西哥，屋裡全是她的家當；於是有種「交換公寓」的幽微感，像是住在一個陌生朋友家。女主人還請求協助，收陽台上的床單和毛巾。

下了巴士，先去一家 bar 拿鑰匙，再循著地址找到閣樓上的公寓。還沒進門，就被門上的天馬旗吸引；

走進門，哈，處處都是悉達多，連音響裡都是佛教音樂，還有好多藏香與六字真言，玄關也有鹽燈，書架上也有奧修和《小王子》；公寓小小的，陽光充沛，恰好是我需要的。

西班牙連鎖百貨 El Corte Inglés 就在左近，裡頭的超市也是我此行好朋友，東西貴了點，但品質沒話說。我去了一趟，然後就有了晚餐。

生菜沙拉，橄欖油香煎甜蝦與花枝圈佐檸檬皮，粉紅氣泡酒和……泡麵。實在是懶得煮義大利麵，加上乾麵看起來迷人，就這樣混搭成晚餐。

拍完照之後，我就移到露台晚餐。對，我在 Airbnb 找房，一定看照片是不是自然光，有陽光太重要了！

晚上十點終於夕照，我也酒足飯飽，該來洗洗睡了。

Khachapuri, Madrid

早上剛煮好咖啡，準備烤麵包時，發現公寓停電了。

一邊吃早餐，一邊給女主人寫訊息。等了一小時，電還是沒來，走去之前拿鑰匙的 bar，借用 Wi-Fi，然後就去逛馬德里。

原本沒有要來這城市，為了轉機順便逛逛博物館什麼的，便到此一遊。來了之後覺得還不錯，就是國際大都會的基本配備，什麼都有、什麼都不奇怪。中午還吃了之前沒嘗過的，喬治亞料理。

說來汗顏，我不認識這個鄰近黑海、曾屬於蘇聯的國家，一邊吃飯、一邊惡補，才知道自己吃的

Khachapuri 是他們的特色食物，吃起來……就是一種麵包。

回到公寓，覺得不對勁，鄰居都有電，怎麼只有我沒有？不會是……跳電了吧？

四處摸索，找到總電源，每一個開關都扳扳看，終於，電來了。

但我還是不明瞭，煮個咖啡為什麼會跳電？

Temple de Debod, Madrid

如果我說我到馬德里最想看的是埃及神殿，本地人應該會想打我吧？

但這是事實。我去倫敦大英博物館、紐約大都會博物館，也是為了看埃及文物；這對我有著強烈吸引力，我想我們曾經相遇過。

旅途是自己的，不用在意別人都去了哪裡，會遇到的就是會遇到。餐廳和名物也是這樣的。

不過，看完神殿、買完百年草鞋，再來就艱辛了。

為了方便攜帶，我身上有幾張五百歐。這樣的大鈔一般店家找不開，之前在朝聖之路上，走進銀行便能兌成小鈔。但馬德里不一樣。

我從最熱鬧的太陽廣場開始了銀行之旅，一看到銀行就進去逛逛。每家銀行都戒備森嚴，有的得先進第一道門掃描，才開第二道門讓人進去。但不管什麼銀行，都說：不能換……

「為了防止洗黑錢，我們不被允許換給你，」一個好心行員告訴我：「你只能去西班牙銀行，那是國家銀行，只有那裡才可以兌換。」

烈日之下，我走了三個地鐵站，沿途還擔心午休時間快到了，終於走到西班牙銀行。再比照登機安檢規格，進到一幢古蹟，然後和行員隔著兩道玻璃窗交易，終於把五百歐換開了！

要到馬德里的朋友，記得先換好小鈔再來！

Bacira, Madrid

一個人旅行，還是要好好吃飯。每到一個城市，除了問問旅館櫃台或公寓主人，我也會查查米其林推薦餐廳，或看看 TripAdvisor。

不過，西班牙的米其林推薦餐廳似乎不太靈光，試了大城和小鎮，都不是我欣賞的，反而 TripAdvisor 挺值得信靠。

午餐便是在 TripAdvisor 上找的，十四歐，物超所值。

招待前菜可以看出餐廳將東方元素添了進來，橄欖油馬鈴薯上抹的是開心果青醬，搭配久違的 Chardonnay。

第一道侍者推薦鮪魚細卷，醋飯挺地道的，還附上筷子。第二道牛排佐甜椒，比我手掌還大還厚，鮮嫩多汁。甜點是巧克力奶酪，不功不過。

西班牙食物對我來說都偏鹹，這家反而清淡好入口。另外，我和西班牙有餐食時差，他們餐廳下午兩點供午餐，晚上九點供晚餐。

我下午一點走進這家餐廳，他們剛剛拉開鐵門；查了訂位，我拿下最後一桌。但我吃完要離開了，餐廳只坐了我和另外一對老人……

Madrid

公寓露台上，有幾盆要死不活的盆栽。女主人應該離開甚久，馬德里這兩天高溫達四十一度，植物都渴壞了。

我住進來之後，早上起來先澆澆水，一如在鄉下的家。馬德里的早上很舒爽，陽光亮晃晃，溫度不冷又不熱，合適坐在露台上早餐。

煮好咖啡、烤好麵包、洗好蟠桃，才發現之前最枯萎的大盆子裡，竟然開出小朵紫色牽牛花，在要和西班牙道別的這個早上……

真沒想到，西班牙會成為我人生第三個停留最久的國家。如今想起朝聖之路，記憶都有些斑駁了……

這樣很好，我人生最大的憂傷就是心思太細、記性太好，能一路走到把自己忘掉，也是至福。

謝謝西班牙，北方的涼風和南方的陽光，朝聖的蜿蜒和人事的美好，消費的合宜和語言的大剌剌，多謝照顧。

然後就要飛往此行第四個國度，義大利。

義大利

Trattoria Gianni, Bologna

會來波隆納，全是因為大廚好友。

去年秋天，我選擇去了日本短暫品味朝聖之路，他飛來義大利採白松露、喝一百支酒。他強烈建議我走一趟波隆納，並且傾囊相授。

「這是全義大利最好吃的省，好東西都產在這裡。托斯卡尼，well，除了 Chianti，還有什麼？」他這樣說。

我今天首次搭廉航 RyanAir，從馬德里飛抵波隆納，入住一個全程只憑 QR code、不用看到人的小旅館，放好行李，就直衝去大廚好友指名的餐廳。

這道浸在青豆醬裡的小麵餃實在太讓人驚豔了，讓我不得不說，義大利料理真的大勝西班牙。麵體彈牙是基本配備，你若吃過現做義大利麵，就了解「彈牙」跟「硬芯」是兩個截然不同的境界。麵餃餡料是豬肉、火腿和帕瑪森起司，三位一體、各司其職，又如合唱團整齊到只有一種聲音。

再喝一口氣泡酒……怎麼辦，這個也贏西班牙。

我成了喜新厭舊、見色忘義的一枚旅人，全是因為幕後有達人量身打造行程的緣故啊。

ITALIAN DAYS FOOD EXPERIENCE Bologna

大廚好友今天安排了美（ㄅㄠˋ）食團行程。清晨七點就有車來接，直抵帕瑪森起司工廠。

波隆納近郊的 Modena 是義大利美食重鎮，此區循古法做出的帕瑪森才能被稱為「Parmigiano-Reggiano」。我們從牛奶一路看到凝乳，再看到存放的倉庫。然後，早上九點的早餐，除了十二個月和三十六個月的 Parmigiano-Reggiano，還有紅酒、麵包、火腿和各樣水果。

再來是正統的巴薩米可醋工廠，品嘗六年、十二年、二十五年陳醋，還搭配了冰淇淋和起司。

接著是火腿工廠，除了說明各部位火腿的製作，當然還有取之不盡、用之不竭的火腿搭配白酒。

終於，下午兩點了，我們被載到山巔一處十五世紀老建築，吃非常大份的午餐——三種麵食、兩種主食、一種甜點，以及紅白酒。

從早到晚，導遊以一種直銷經理鼓舞人心的方式勸食，並且不斷添盛在我們的盤裡、杯裡；我們成了千尋的父親和母親，吃到忘了自己是誰。

而此地的起司、醋和火腿都是歲月釀造——兩千年的食譜、一年以上的製作，一道又一道縝密工序，才能堂皇貼上自家標籤，難怪義大利是慢食原點。

其實台灣也有好多這樣的堅持，實在也該有系統地整理和發展。

Duomo di Parma

從波隆納出發，坐火車一小時就可以抵達帕瑪，這便是我今天的郊遊。

我很喜歡波隆納，這是一座我所見過最老又最年輕的城市——老的是建築，特別是又高又深的騎樓峰峰相連，讓不同年代的樓房有了相同的微笑；年輕的是人，這裡是歐洲最古老的大學，至今依然是大學城，空氣中，飄散著費洛蒙和，大麻……

這樣的我到了帕瑪，以為不再會有驚喜了，卻被帕瑪主教堂嚇了好大一跳。一幢巨大而樸素的教堂，免費入場，裡面竟然有如梵蒂岡西斯汀禮拜堂一樣的完整溼壁畫！

我驚呆了，回來查才知道，這是十六世紀義大利畫家 Antonio Correggio 的作品，他的畫風醞釀了巴洛克。最著名的是穹頂上的《聖母升天圖》，是十六世紀最壯觀的作品之一。

以為此行看到近百個教堂，應該從此雲淡風輕，卻還是被驚豔了；曾經滄海還是水，只要遇到對的人、對的事、對的物。

帕瑪回波隆納的火車上，一位神職人員坐在我旁邊。他講起電話好有情感，連手都有戲，襯著窗外流金時光，我偷拍下好美的這一幕典藏。

Nerbone, Firenze

我是為了牛肚包和 Chianti，才再次拜訪佛羅倫斯的。

這是我第三次造訪此城，該看的大教堂、美術館、雕像和老橋都看過了，原本打算就過門不入吧。哪知訂票的時候想起牛肚包，就決定住一晚了。

我想念的從來都是街邊料理，沒想念過什麼餐廳大菜。這樣一個包、一杯酒，五歐，在歐洲真的算平價美食。

只是，這個早晨十分驚慌失措啊。我等著遲到的火車，覺得褲子怎麼一直掉？一摸才想到——貼身護照包竟然放在旅館忘了拿！

心是緊張的，告訴自己先深呼吸，就平靜一些，然後想出解決之道。

首先去找了站務人員，請他致電旅館，然後拔腿跑回去，順利在無人旅館內遇到正在打掃清潔人員，找回了我的護照，以及媽媽給的保命錢。

再回到車站，火車早走了，只好再買一張票，再等一個半小時，才上車往佛羅倫斯。

火車一到站，憑記憶衝進中央市場尾端這家店；以前週一公休，其他日只賣到下午兩點，我竟然週一下午兩點二十分吃到了牛肚包配紅酒，壓了壓驚。這混亂的早上，其實我什麼也沒損失。

我喜歡義大利人料理牛肚，擅用番茄和其他蔬菜蓋去羶味、留下口感。而這家老店只用水煮，也只上一點鹽、一點青醬、一點辣醬，卻可以讓牛肚軟爛可口。

詹宏志也寫這家店，他說這裡的牛肚不用百頁、也不用蜂巢，而是使用平滑的真胃。這也是美味的要素之一。

有趣的是，在 TripAdvisor 上，佛羅倫斯前幾名的餐廳都不賣牛排，而以三明治見長，可以看出此城飲食文化獨到之處。

要提醒的是，此包務必當下品嘗。十幾年前因為太想再吃，買上火車，只淪為了復刻版而已……

原本沒有想要三顧米開朗基羅廣場俯瞰佛羅倫斯，畢竟曾在這裡拍過彩霞滿天的照片了。誰知吃過晚飯，雙腳自動走上山來了。

而世界就這麼小，竟然遇到在波隆納一同參加美食團的溫哥華母子三人，彼此驚歎不可思議。

今天的夕陽堪稱完美，一輪火紅沒入西天；看完落日，和大家一起鼓掌，我和灑滿金光的佛羅倫斯合影留念。

青山依舊在，幾度夕陽紅。下回再來，不知是人生哪個坎了？

Piazza dela Signoria, Firenza

這幾年忽然喜歡歐洲，覺得在這裡才是真正的自由——尊重自己，也尊重他人。

歐洲像是森林小學，保留每個個體自主性，也主張人應該為自己負責。你可以選擇當流浪漢露宿街頭，抽菸、大麻、刺青都是你和身體的事；火車站和地鐵也不太設閘門，被查到沒買票就重罰。路是寬廣而起伏的。

相較之下，亞洲是升學班，用一種集體意識的力量，帶領每個人往前衝刺。你得符合社會期待，最好是主流中的主流，便成為人人稱羨的標竿；人際之間稠密而靠近，照顧也管理了所有人的價值觀。路是狹仄而平坦的。

我是從升學班出來的，卻一直羨慕森林小學的孩子；當有那麼一天走進他們的校園，也明瞭了從前以為的混亂其實就是一種自由，便想一直來一直來了。

我在領主廣場拍下一張照片，一對亞洲人正在遠離家鄉的地方拍婚紗照，拘謹而端莊；旁邊歐洲人坐在陽光裡談天說地，恣意而奔放。恰好表現了我的想法。

至於我前次壯遊去的美國，他們一直生活在ＹＡ電影裡，不知道自己有一天會長大……

Tourist House Ghiberti, Firenze

佛羅倫斯是我此行至今唯一造訪過的地方，但從巷弄間看到百花大教堂撲天捲地而來，還是覺得好美。

這是我覺得此城最迷人的風景。沒有人拍得好大教堂，這樣的吉光片羽不是恰恰好嗎？

這回住在教堂邊上，向左走、向右走都可以和這樣的善美相逢。這家民宿值得推薦，優秀位置的老建築裡，只有六個房間，但有個奢侈的露台，房間大而雅致，早餐很迷人。

然後，旅程就要進入下一個階段——要去托斯卡尼山之巔的前修道院，參加一週瑜伽僻靜。山上沒網路，習交絕遊，靜心為要。

Eremito

就要告別這個僻靜一週的地方，一個群山之間的精品旅館。

在這裡的七天，總結了我的旅程，和跟隨十年的瑜伽老師，以及一群熟悉的同學；對於一個人旅行了兩個月的我來說，僻靜不只是僻靜，瑜伽不只是瑜伽。

／

這裡曾是十三世紀的修道院，荒涼以後，七年前被一個男人買了下來。

男人帶著一個三個月大的狗住在這群山之間，挖馬路、埋纜線、搭石頭，花了五年時間重新把石屋修整好，成為只有十四間單人房的精品旅館。

二〇一五年，旅館開幕了，沒有多少人知曉；知曉的人也遲疑著：先從羅馬坐兩小時火車、再轉乘四十分鐘四輪傳動汽車，山上真的值得嗎？

我坐在車上看到旅館自家菜園的那一刻，就知道這裡一定對我胃口。果不其然，大門一開，長廊迴盪著聖歌，再轉進起居室，wow，光在這裡坐著，便有了天使的眷顧。

然後，親愛的老師和同學下樓和我打招呼，兩個月沒看到親友，彼此擁抱那一刻的激動和溫暖，是我旅程中的另一個高峰。

／

接著，我被領進了房間。

三個拱形的白色天花，分別是洗手台、單人床和石桌椅；兩片咖啡色簾幕，分別是衣櫥和衛浴。

一如修士的房間，簡單而樸素。我在窗邊看書、抄經，除了鳥叫，還有噴水池的聲響，其餘什麼都沒有。

夜裡關了鋤犁燈，就是一整片黑和涼風與我為伴，幾乎沒有夢，連星星的腳步聲也沒有……

我們睡在一片無垠的樹海裡。

／

晚餐，是旅館最聖潔的時刻。

主廚搖鈴，我們魚貫進入點了燭光與柴火的餐室，全程靜默禁語，並且不可以帶任何電子產品。旅館僅提供素食，菜蔬看園子裡盛產什麼，主廚不用太多調味料，只呈現食材原味，並讓它們新鮮地交融在一起，好多菜我都想學——比如檸檬橄欖油義大利麵、櫛瓜起司餅、白醬茴香根、大蔥青豆湯……

早餐是 buffet，午餐和晚餐都是三道菜加一個甜點，而我是幫同學們清盤子的那一個。這裡的美味很難形容——橄欖油非常好，食材非常新鮮，手法粗中帶細……然後就辭窮了。因為其間滿滿的愛，誰能細數？

午餐和晚餐也提供無限量 Chianti 紅酒，是主人朋友釀製，整個園子只提供給這家旅館。冰涼時甜美，回溫後韻厚，搭配蔬食完全不勉強。

「我們提供『新奢華』，」主人聊天時告訴我們：「為單身客人量身打造空間，而且希望做到『電子排毒』，外面的世界已經被機器操控了，來到這裡，把機器放下吧。」

所以，山上不提供網路，建議客人看書、健行、瑜伽，旅館還有石頭蒸氣室和按摩池，走路十五分鐘可以到一個瀑布下的小池塘游泳。

有一個下午，我獨自去了池塘，和小魚們一起裸身游泳……

／

他叫Peppo，三個月大時陪主人上山墾荒，如今是七歲的大男孩了；對人友善，又懂得保護家園，是很棒的孩子。

而主人也對他很好，給Peppo一個晚上睡覺的小房間，有厚厚的床墊，夜裡還為他點著燈。

有天早上靜坐時候，我想到去天上當天使的大狗，沒有傷悲，只是思念。沒多久，我聽見自己的墊子有聲響，以為是老師來調整我；只是，有鼻子嗅了嗅我，然後，整個身體貼在我背上，心跳依著心跳。是Peppo。他怎麼知道我的思緒？他沒回答，壓著我的袍子，佔據恰好一半的抱枕，輕輕入眠。

我想起神仙姊姊告訴我，她為我抽了牌卡：「力量動物」。我想，天使大狗成了我的力量動物，召喚了Peppo，溫暖了我……

晨練結束，Peppo依然陪伴著我，我摸摸他結實的胸膛，輕聲道謝。瑜伽老師懂得，她給了擁抱，在我耳邊說：「Brownie叫他來陪你的。」

眼淚安靜流淌，感恩一切。

／

很榮幸住過許多好飯店，Eremito不是最奢華的那一幢；很幸運吃過許多好食物，Eremito也不是最繁複的那一種。

然而，Eremito卻是我住過最有故事、能量最好的旅館，不只是因為主人的創建、員工的服務，還有瑜伽老師、同學和我的共同參與，讓在山上的每一天都殊勝喜悅。

感謝我們在最好的時刻相遇。我不知道未來是怎樣的人生，若此生有機會再相逢，我會萬分感激。

／

賜給我美好僻靜的兩位關鍵人物——旅館主人 Marcello，瑜伽老師乃珍。

Marcello 的人生很傳奇。年輕時在托斯卡尼服裝界闖出名號，後來轉入飯店業，他曾在船上和森林裡生活了二十年，大概是懂得了繁華落盡見真章，用盡全力創建這個與眾不同的旅館，這一年來獲獎不斷。Marcello 是虔誠天主教徒，旅館有處小教堂，他每日清晨坐在那裡讀經。

而乃珍，是我十年來瑜伽練習跟隨的老師，她對我的影響從來不僅止於體位法——她的自在熱情、看待世界的方式、對學生的關懷，再再點亮我對這個世界的信心。

這回，乃珍領著我們抄寫《心經》，這也是我唯一熟悉的佛教經典，這半年來特別有體會。

於是，我的朝聖之路從西方聖人啟始，止於東方智慧，世界大同了，我也長大了。

／

該用什麼樣的方式結束四十四歲的壯遊呢？

我的瑜伽老師替我創造了一個機會，和一群相濡以沫的同學，到義大利中部群山之間，僻靜一週。

每天在鳥叫聲中醒來，以靜坐冥想開啟一天；我們練習瑜伽、抄經、健行、游泳、唱歌。然後，滿天星子眨眨眼，守護我們的眠夢……

最後，我做了一個體位法叫「野東西」，歷經這回壯遊，我更是一枚野東西了。

Pantheon, Roma

其實已經在羅馬住了三晚，可心還在山上，用文字繼續呼吸著聖潔。

而羅馬啊，羅馬是我第一座歐洲的城。

十幾年前和媽媽、弟弟參加十天四國旅行團，飛抵的城市便是羅馬。我還記得坐在遊覽車，看著沿途都是小小的車穿梭老老的城，心中冒出「這就是歐洲」的讚歎。

如今知曉了羅馬是羅馬，歐洲是歐洲，但此城的陽光和古蹟，著實滋養了我。

住進一個有廚房的公寓，大部分時間都在偌大客廳煮飯喝酒；旅途尾聲，疲憊和收穫瓜分了我。

萬神殿還是要走走，這是另一個與神同在的聖殿通道。

Basilica S. Pietro, Vatican

聖彼得大教堂也是一定要走走的。這是全世界最大的教堂，在全世界最小的國家裡；也是我的心頭好，因為有許多米開朗基羅的作品。

而我還愛看瑞士衛兵團的制服，花枝招展得剛剛好；大教堂之外，守衛們還有另一個藍色版本，也很好看。

從前我以為這也是米開朗基羅的作品，這次才知道是以訛傳訛。不過，衛兵團只招聘一七四公分以上、不蓄鬚的挺拔瑞士男孩，應該也是米開朗基羅喜愛的吧？

梵蒂岡，此行第五個國家，來過之後，就要準備回家了。

Roma

告別歐洲的晚餐，我挑了一家海鮮餐廳的 tasting menu，五道前菜、二道主食、一盤主菜、一道甜點，加點一瓶白酒。

然後用一種很慢的速度品嘗，一邊回味這兩個月的際遇。

吃撐了，散步回家，乍見晚霞滿天；我停在中隔島拍攝路上電車襯著彩霞，竟然聽到背後也傳來快門聲。

「這樣的背影很好看，」一位花樣少女蹲在我後面說：「不信我等會兒給你看。」

就這樣，她拍下了我離別的身影，一切好戲劇化，又安排得剛剛好。

謝謝歐洲的款待——土耳其、西班牙、葡萄牙、義大利、梵蒂崗，咱們後會有期了。

／

原訂飛機應該要抵達台灣了，而我依然在歐洲曬太陽。

是的，土耳其那場政變讓我的飛機被取消了。經過機場七小時等待，換了飛機，然後半夜十二點進飯店吃 buffet，早上再赴機場。

我不會說「受困」，而會說「受教」。歐洲人的冷靜替我上了一課，大家溫和等待，唯一發火的是印度人，因為他皮夾在義大利被扒，滿腔委屈。

若是在台灣，應該出動SNG車了。沒有好和不好，只是觀察，不下判斷。
瑜伽老師、同學、家人、好友接力在訊息中陪伴，我挺平靜地坐在地上做瑜伽、看書、觀自己的心。
我們說「練習」，不是為了尋找平靜，而是要成為平靜，面對一切，不是嗎？
早上到機場，為了退稅，繼續排隊、排隊、排隊，排了三小時。我突然明瞭了，所謂「朝聖」，是面對自己內心的一切，特別是黑色那面——躁動、恐懼、貪嗔癡……
不愛的，才是修行。
最後一刻抵達櫃台辦理登機，我那超重行李看也沒被看，被完全包容了。我持快速通關，迅速抵達登機門，就要轉乘老相好，國泰航空，飛香港轉台灣。
此刻自在，便是安好。
多謝這堂課後課，來支羅馬百年老店冰淇淋吧。風風火火，轟轟烈烈的旅程，將愛進行到底。

Taiwan

回台灣一星期了，朝聖之路竟也成為前塵往事。
「蘇格拉底是真有其人？還是你杜撰的？」
回來之後，被問到最多的，竟然是這個。大概是因為，人們對於「奇蹟」，想像力總是過分拘束吧。
這裡所寫到的每個人、每件際遇，都是真實發生的；無論你相信或不信，我都深深感謝一路上的所有相遇。

而我也期許自己，成為別人的奇蹟；將那些閃亮亮的擦肩與錯身，拼湊成人間的銀河，對照天上的星子……

我回到我的尋常裡，生活繼續，偶爾抬起頭，嗅聞獨身旅行的風。

風起時，咱們再相逢。

輯二

旅行是一門性技巧

二〇一〇 —————— 二〇二三

好友即將展開五年壯遊，飛行之前，特別來鄉下的家和我們話家常。

這次見面只有二十一小時，扣掉睡覺時間，全在聊旅行。

我們都是很早開始上路的那種旅人，至今依然在路上；因為深切體會了旅行對我們的影響，反而愈來愈不能理解現在年輕人為何不上路？

「旅行是一種技藝，愈早磨練愈會發光。」我說。

好友點了點頭，她用二十幾載歲月冶煉這把劍，如今劍又要出鞘了啊。

「又或者，旅行是一門性技巧，愈早開發，愈懂享受。」我酒酣耳熱說道。

一樣是學校不教的事，一樣是人生至福，親愛的，你不開發自己的、他人的歡愉，浪費了青春肉體又換來什麼呢？

於是，旅途上看到隻身旅人，都知曉他們高潮了。

二〇一〇

雪梨：一個人

那天跟一個半熟朋友說：「我喜歡一個人旅行。」她瞪大了眼睛，我笑了笑。

成雙很好，但單獨旅行確實有單獨的樂趣。比如說，我喜歡一個人等飛機坐飛機。機艙裡的噪音讓我覺得安穩，那單一而持續的聲響於我就是一種陪伴。

／

飛機要降落雪梨的時候，這號稱全世界最美的天然港就鋪展在我窗邊，早就該造訪的這座城，終於有了見面的緣分。

但雪梨海關果然出了名嚴格，我竟被帶到一旁，讓三位官員在我面前投票，選我是不是護照上那個人……

還好另一位東方官員救了我，他說他確定那是我的護照。原來很多白人真的無法辨識東方人。

／

雪梨的精采全環繞著海。從美麗的建築到全城熱愛的慢跑，從大大小小的沙灘到一幢又一幢豪宅。讓我驚訝的是，這裡每一片海都是清澈的。彷彿走下去就是龍王宮殿，而台灣四周都是海，哪一片能如此湛藍清淨呢？

／

想在山區一個人漫步，已經想了許久。

今天終於如願在藍山獨自健行五小時，遇到的人還沒有遇到的鳥多。

讓我驚奇的是，這裡的野鳥以鸚鵡居多，雪白身子只有頭上一抹黃冠。好美喔。我們在林道上相逢，只見他們高高低低飛舞啼叫，當他們開口時，我突然安心了。

因為他們唱著自己的歌，而不是人類的語言……

二〇一二

曼谷—清邁—曼徹斯特—蘇格蘭—倫敦

泰國：一種美麗的交換

感謝泰利颱風走得快，讓我順利起飛，來到也是多雲的曼谷。

我向來不知道怎麼形容這個城市，或許是因為周圍朋友都太喜歡，而我仍不熟稔的緣故吧。

我只能說，這是我所去過的國際都會中，笑容最多、也最誠懇的一個。

／

早上要離開曼谷，飛往東北的黎府，在機場認識了Nok Air這個泰航國內航線子牌。

「Nok」是泰語中「鳥類」的意思，那「Nok Air」就是「鳥航空」？哈哈，麻雀是鳥、鳳凰也是鳥，層次可差多了。

機場停機坪上，只見Nok Air的飛機一架架漆上鳥嘴、七彩繽紛、顏色各異，彷彿鳥類選美會，完全發揮了泰國人的設計長才。一家航空公司可以讓大家那麼歡樂，真是不簡單。

／

與寮國一河相隔，黎府曾是邊界上的繁華所在，許多華人家族來這裡做生意；後來慢慢冷清了，保留眾多百年木屋，成為寧靜而純樸的慢城。

泰國東北是起伏山區，有別於中部遼闊平原，食物大辣且酸度纖瘦，適合失戀、失意想大哭一場的人。

／

一年一度的在地節慶，滿街都是歡樂的鬼。誰知道戴上面具之後，會不會也有真的鬼來到人間？

拍攝完一整天鬼臉節活動活動加上車程往返，大家累到想按摩，回到昨晚來過的步行街，週六晚上滿是人潮，各家按摩店都沒什麼空位了。

走到這個只有一位按摩師的小店，導遊說她很有名，下手重但比較貴，有沒有人要試？我看沒人舉手，就自告奮勇走進去、躺下來了。

白髮按摩師果然厲害，穴位超準，力道對我來說恰到好處，真沒想到我竟然被名人伺候雙腳啊，現在她爬上來站在我腿上了……

／

清晨早起，重回步行街，彷彿河裡霧漫上岸，虔誠信眾成為霧中風景，等待和尚魚貫到來。

和尚駐足，信眾供養糯米飯、餅乾、泡麵、水和鮮花；末了和尚念經祈福，信眾雙手合十領受。

一種美麗的交換：你過著我無法的生活，與我的神為伍，於是我早起為你做飯，明亮你的日子。

／

來到亞洲二號公路十字路口，指標指向境內曼谷與境外馬來西亞、新加坡。

這長長旅途啊，是我的鄉愁；如今不再有一輩子看不完世界的焦慮了，卻依然期許自己打開眼界，心裡住得下一個地球。

／

她的名字叫 Motala，一九九九年八月被發現的時候，左前腿被地雷炸斷躺在地上。Friend of the Asian Elephant 創辦人 Soraida Salwala 走到她耳邊，問她：「妳好嗎？」Motala 流下了眼淚。

Soraida 救了 Motala，替她醫治、截肢，也讓她成為世界上第一個裝義肢的大象。Soraida 說，認識 Motala 以來，這個大象永遠脾氣溫和、充滿勇氣、面對挑戰。現在 Soraida 也有了健康問題，手持一根拐杖慢慢走路，她的微笑好美，純真如天使，我想 Motala 一定支撐著她的每個步伐。

我們替 Motala 拍照，她彷彿是知道了，抬起義肢，輕輕搖晃；那一刻，我們都哽咽了。

／

這是我的第一次 Ayurvedic Hideaway，想做這樣的療程已經許多年了，不知怎麼每回都錯過，今天終於如願以償。

先是和印度醫生諮商，測試能量場與脈輪，再由他建議療程，果然其中一項就是 Ayurvedic Hideaway。當溫暖的油滴上眉心輪時，我從腳底到頭髮的每個細胞彷彿都笑了。我的眉心輪向來易感，原本擔心會太刺激，結果那敏感變成一種小規模的感官冒險，帶我去了從前未曾到過的境地。做完療程神清氣爽，再世為人。

今日阿育吠陀，明早則預約了瑜伽課，在清邁練習，並想念每一個我的老師和學生，Namaste。

／

佛教之於泰國，大抵就像蜜之於花——那端坐蕊心的潤澤，讓泰國人行得直、坐得正，因為佛祖什麼都看得到，什麼都瞭然於心。

於是泰國人擅笑，如同他們的神；世間一切終須一別，便慢慢琢磨、微笑面對吧。

英國：散彈射擊

經倫敦轉機來到曼徹斯特。

從家裡出門到進飯店，恰恰好二十四小時。分明是飛行的好天氣，搖搖晃晃像旋轉木馬，可整個飛機的孩子像坐上雲霄飛車，尖叫聲此起彼落、一呼百應，十三小時航程他們吶喊了十小時，還有孩子爬來摸摸我的鞋，另一個把我搖醒說：「Hello！」

OK，OK，我也愛你們……

幸好這飯店超可愛，老別墅改造而成，我有個小小的房間，像住進了老朋友家，一切都那麼恰到好處溫馨著。

／

人生有好多意外的美好。從沒想過會到曼徹斯特，而我飛到這裡了；完全是高爾夫球門外漢，而今天要採訪歷史最悠久的英國公開賽。

既然賽場上不能攝影，那我就坐在 VIP Room 裡拍照留念吧。

／

旅人和異地的相逢，第一印象往往決定了未來的緣分。走出機艙，蘇格蘭高地的風中有濃厚海味，伴隨點點冷雨，有種我喜歡的孤寂感。

這回的主要目的是受邀到十七世紀莊園作客，從我的房間看出去就是北海，岸邊有隨風搖曳的柔軟麥田。

莊園主建築只有六個房間，而且房間沒有鑰匙，進來的都是受邀的客人，Sting 參加瑪丹娜婚禮時，也住在這裡。

我的威士忌旅程，要從這兒展開。

／

英國夏天日落時間是十點，晚餐之前，我散步去了海邊，於是麥浪在夕照中閃耀。我想起我的朋友們，沒有麥浪，依然有好友作伴，我確實比小王子和狐狸幸運啊。

今日行程還有個插曲，我們在草原中採訪一個雕刻藝術家和他的巨石作品。我舉頭時看到一位美麗少女拄杖眉頭深鎖盯視；下一刻，她往前走了幾步，又停下來凝望我們；就這樣，繞著我們，猶如月亮，而且有種時尚名模的淒美。

「她是女巫。」石雕藝術家說：「常這樣繞著這個巨石轉。」

有伙伴嚇到了，我卻好開心可以遇見一個蘇格蘭女巫，幸會了。

／

終於走進釀酒廠了。麥芽、水、酵母和時間，共同創造了蘇格蘭生命之水——威士忌，那繁複的香氣和層次，是蘇格蘭人數百年來的驕傲。

而我這幾天喝酒喝到尿尿都帶花果香氣，各種年分、各種喝法、各種層級，也算是入境隨俗啊。不過我頂佩服西方酒廠「故事行銷」的能力，任何細節都能醞釀成傳奇。

／

這真是太不可思議且跌破眾人和我自己眼鏡，我參加射擊比賽，並且拿到冠軍！

莊園說安排射擊時，我心裡嘀咕：「可別在我面前射小鳥或狩獵呀。」還好，是射泥盤。練習時，我第一槍就擊中，自己一整個不明白，想說就是新手幸運吧。沒想到正式比賽了，我的積分名列前茅，再舉行二次延長賽，我二發至少擊中一只泥盤，就這樣拿下冠軍了。

感想？我青少年時期的不擅運動究竟哪裡去了呀？還有，在麥田裡即使散步，都美好到讓人想跳舞。

／

沒有遇到水怪，尼斯湖就是一個簡單的湖。

而我心中竊自相信，確實有這樣的生物在這裡快樂生活著；反正人類也不懂得去理解別的生物，又何必要求水怪被看見？

／

莊園最後一晚，大家換上正式服裝，庭院裡，風笛手為我們吹奏。一樣是威士忌，搭配上各樣的前菜finger food。

然後晚宴正式開始，風笛手先領著我們進餐廳，再領著廚師以傳統蘇格蘭食物 haggis 繞桌子，並以蓋爾語吟唱長詩，晚餐才上菜。

這是長夜的啟始。吃過晚餐，轉到壁爐燃起柴火的客廳，主人為我們安排各種遊戲，一路玩到午夜；而我也終於看見高緯度夏天的晚晚夕照。

／

下一回來，應該可以考慮穿穿蘇格蘭裙了吧?!

蘇格蘭高地首府，卻是個只有十萬人的城市，河流蜿蜒過古城，兩側都是堅實的百年老屋、教堂與城堡。

同行記者說，鶯歌的人都比這裡多。是啊，台北隨便一個區都贏過這裡的人口，但那種悠閒與寬闊，卻不是摩肩擦踵的某區所能比擬的；而此城保存的歷史建築，若在台灣則會面臨都更的拆除危機。

第一次來英國，才開始喜歡上這個國家。原來英國人沒有那麼沉鬱；原來這裡的夏天這麼涼爽合宜；原來如果跳過薯條，我還算喜歡炸魚。

／

奧運前的倫敦如一鍋煮沸的水，滾動的是外地人，倫敦人則站在鍋邊瞧。

我的英國行最後一站是倫敦，明知道不是造訪好時節，卻不想錯過這座城；幸好擠爆的都是逛街地方，想看的博物館依然一隅清靜。

另外一鍋沸騰的水在香港。之前十號風球讓上萬人滯留，目前不准旅客過境香港，這裡航班也跟著大亂，同團朋友有的多留一夜，有的得住上兩晚。

我算是幸運，本來就要多留倫敦，加上有朋友收留，目前一切順利；只是回去航班也公告不一定能準時起降，於是還在觀望。

反正沒人知道明天的事，就先在今天裡快樂吧。

／

英國，V & A Museum。倫敦應該是全世界最大的海賊窟吧，偷遍全世界，還把人家整座神廟、墓穴都搬回來，真是成何體統？

還好他們有廉恥心，不收博物館門票，讓各國人得以自由進出，與老祖宗見面。

希臘政府應該來要財產，順便坑一下英國來解救國難。

／

城市沸騰之前，我離開了鬧區，回到位於邊陲的朋友住處。休息片刻之後，到超市買了輕食、捉了粉紅酒，爬上附近小丘俯瞰倫敦。小丘上，和我一樣怕吵的人三三兩兩聚集，各自找了位置，做了準備，等待奧運開幕。

典禮開始前，九架飛機冒著三色煙繞了我們一圈。然後，只等到一場夜幕低垂。

「沒有煙火嗎？」大家都在問：「我們是來看整個城市燃放煙火的。」

「不好意思啊，倫敦實在太讓大家失望了。」一位在地人說。

怎麼會呢？倫敦早就沒把這場奧運定義在嘉年華會，這樣的寧靜，何嘗不是一種設計？

／

準備好行李，洗好澡，收拾好小房間，就準備往機場去了。據說希斯洛機場依然擠爆，只好提早六小時出發。

每次旅行，因為「非尋常」生活，而有了更多時間留白；於是走到哪兒，都和自己作伴、對話。彷彿走遠，其實靠近。

蘇格蘭清晨散步時，在別人院子裡拍下的一尊佛，好似在遙遠異鄉告訴我：無論飛得多遠，佛都端坐心頭。

二〇一三

富士山—松本—上高地—黑部立山—金澤—白川鄉—飛驒高山—名古屋

日本：蒐山

男孩們各拿一個平板電腦，在我面前的窗拍著飛機起飛，讓我想起我也是個從小愛飛機的男孩啊。

我正坐在機場幾乎可以平躺的椅子上，曬著太陽，看著飛機起降，等待屬於我的登機時刻。終於盼到睽違已久的一個人旅行，想去山裡走走，呼吸一下新鮮空氣。

飛行不需要理由，當下就是最好的時刻。日本，我來了。

／

此行蒐集到的第一座山，富士山。

也不知道為什麼，去年以來就是很想來看富士山；明明就是中部機場進出，卻硬要來回花九個小時坐車來河口湖看富士山。

行前看氣象，直說這天多雲有雨，清晨的高速巴士上，確實也是有陰有晴；而富士山待我真好，車子抵達河口湖，朗朗晴空，整個山形一覽無遺。把雲層吹走的是陣陣強風，風大到纜車都停駛了。

於是，我安步當車走過小半個河口湖，還懼高地在河口湖大橋上拍下照片，多完美的等邊三角形啊。

幸運的還有，預定的日本百選溫泉飯店山岸旅館給了我一個面湖的房間，雖然位於南岸看不到富士山懸掛窗前，但波光粼粼的湖光山色足以醉人。

只是，我的富士山青春當好，滿頭青絲一如美人名將，不許人間見白頭。

／

今天的行程是從河口湖坐公車轉慢車，來到長野縣的松本。

就這麼巧，出發前恰好看到一篇報導，日本《鄉下生活》雜誌票選最想居住的溫泉之鄉，第一名就是長野。到了這裡，看到處處都有湧泉，一直讓我想起「家家泉水，戶戶垂楊」的句子；加上還有國寶松本城與老街道，確實挺合適居住的。

除了泉水，這個城市還是草間彌生的出生地，於是到處都有「水玉亂舞」，最著名的是美術館前的巨型雕塑，還有公車以及可口可樂販賣機，處處都被點點控老婆婆給占領了；就連我的商務飯店也以她的點點南瓜為標誌，櫃台前還真放了一顆能吃的南瓜……

人的一生做好一件事就夠了，老婆婆就是一個實證。我不知道她看出去的景物是否都是黃斑部病變，但她的作品確實帶領我們去抵另一個世界。

／

此行蒐集到的第二座山，上高地。

會有這趟旅程，是突然很想到山裡散步。首選是我深愛的洛磯山脈，卻被機票價格嚇到了，轉而到日本中部來，在山裡周周轉轉。

上高地，被日本人視為神明的居所，也是我最後才加入行程的地方，一整天下來在山裡健行超過十公里，卻身心舒暢。

這裡規畫完善，全區都是步行者天國，進出得坐低汙染公車；而且沿途健行主幹道也都容得下輪椅經過，沒有設置垃圾桶，遊客自行將垃圾帶下山，我連一張紙屑都沒看見。

遇到日本開始放連假，山裡遊人如織，不知道為什麼，卻很安靜，彷彿神明將人類想說的話全聽入耳了；只有登山客害怕遇到熊的鈴鐺聲，叮叮噹、叮叮噹，恍惚之間以為麋鹿拖著聖誕老公公來到面前了……

／

此行蒐集到的第三座山，黑部立山。

這裡是日本中部最熱門的景點，當旅遊記者的時候寫過開山兩次，還送媽媽參加旅行團來過，我卻是第一次造訪。

日本人擅長用各種交通工具包裝景點，箱根如是，黑部立山也如是。但我的心願不只要坐纜車、電車，不只要到日本阿爾卑斯山健行，我還想住在日本最高溫泉旅館，還是沒有公用電話、沒有網路的祕境溫泉呢。室堂標高二四五〇公尺，廣告詞就是「離星星最近的地方」，看到這個我就融化了。

我的旅遊有個罩門，就是不能與別人同房。我可以坐很久的飛機、火車或巴士，可以走很多的路或爬山，甚至不怕鬼，但我不喜歡跟別人同房。於是，無論去到哪裡，我都選擇單人房睡。

不過，這次的溫泉旅館沒有單人房，我決定給自己一個挑戰──住在團體房裡。

坦白說，一走進八人房我就後悔了。看起來溫文儒雅的日本老伯伯怎麼講話這麼大聲啊，為了躲避噪音，我只好一直泡溫泉。等到大家都睡了，我才溜進房間躺在床上。

一開始還寧靜安詳，沒多久，各種鼾聲開始轟炸，有粗獷的、有呻吟的、還有呼吸中止的，我根本無法入睡；這還沒完，凌晨三點開始，登山客們開始著裝，又不一起出發，就一波波、一波波，開燈、開門、關燈、關門，這樣搞到五點半，我乾脆又去泡溫泉，泡得全身肌膚滑溜滑溜的……

然後，坐最早的巴士換纜車，逃難也似地離開了黑部立山，一路上一直睡一直睡，直想回到城市裡。

結論是，人還是應該做自己就好啊！

／

昨日飛也似離開了黑部立山，到了富山轉車到金澤，才知道幸好下山得早，躲過一個大颱風啊。反正金澤本就多雨，而我好整以暇地在此行最便宜、卻被升等到豪華套房的商務飯店裡，看著風雨交織打落在窗外小公園裡。

（這是《半澤直樹》的金澤啊，難怪回憶的戲都是大雨滂沱。）

今早，我撐傘走在罕有人煙的茶屋街與兼六園，然後到最適合躲雨的金澤21世紀美術館，幸福地喝一杯自己準備的茶。

一個人旅行也是一種禁語的練習，特別是在日本——他們不說英文、我不說日文、車子又準時、吃飯要看著機器買餐券的地方。只要聽到中文不答理，一整天可以說不到三句話。

於是，台灣阿公把我擠到纜車邊，我不說話；香港男生進浴池不洗身子，我不說話；大陸情侶超出欄杆拍照，我不說話。每個人都有自己的因果，就互不干涉吧。

只有一回，我在松本旅遊中心問問題，後面排隊的兩個台灣歐巴桑一下用中文、一下用台語：「怎麼這麼久？也不想想後面也有人？」離開時，忍不住回了嘴：「就是有問題要問啊，不然哩？」

唉，除了練習禁語，還得練習靜心才行。

／

一個人旅行，自拍不是容易的事，幸好我也不愛拍照，只有某些特別時刻，才想留念。

比如說，在泳池底下的時候。

一個西方家庭為我拍下照片，我也為那位丈夫拍了他的漂浮。這算是此行拍得最好的一張我的照片，其餘時候，許多路人只是隨意（或已經努力）按下快門。

其中有位在合掌村的專業攝影師，他幾乎不看觀景窗，鏡頭之下我的身體有些地方被切割了，風景是風景，我是我。

看到那張照片，我失聲大笑。不管是誰的相機，你這樣不用心，自己的照片怎麼會拍得好呢？

／

金澤21世紀美術館內少數可以拍照的展覽，日本藝術家森永邦彥的作品《A COLOR UN COLOR》。

一走進展館，數百件白色衣物鋪天捲地，定睛一看，才會發現白色不只是白色；然後音樂響起、燈光亮起，白色與白色之間，有許多不同顏色、不同材質的細節，才被一一注目。

金澤21世紀美術館收藏許多影像，比如記錄一朵花開、或是一個人的眠夢。位於入口處的這個無料展彷彿一句預言，提醒參觀者，這個美術館不同於其他博物館的浩瀚寶藏，這裡典藏的，是我們身處這個世紀的所有尋常與非日常。

／

此行蒐集到的第四座山，白川鄉。

這一直是我很想來的地方。我喜歡小小的合掌屋，喜歡山裡的小聚落，喜歡即使住在觀光勝地卻依然耕作過生活的住民。

然而，住在風景裡的人快樂嗎？我問了一個合掌屋名產店的四十歲女人，她來自菲律賓，嫁到這裡生了兩個女兒。

「我不是那麼喜歡這裡。」她說：「我很想念菲律賓。」

我也問了一個住在金澤茶屋街的七十歲日本老太太，她灑掃庭院時跟我用英文聊天；後來，我們又在公車上遇到，她正要去上英文課。

「我很喜歡這條街，還有我的家。」她說：「這房子有一百五十年歷史，已經住了八代人了。」

住在哪裡都有快樂與不快樂的人，重點不是住在哪裡，而是你用怎樣的方式過生活。

對我這樣一個旅人來說，守護這些老房子的人，都是讓我快樂的理由。

／

此行蒐集到的第五座山，飛驒高山。

高山是日本中部地區的交通樞紐，又有老街區、朝市與飛驒牛等觀光資源，吸引許多觀光客在此歇腳停留。

我在這裡等車開往名古屋時，終於遇到第一個自己旅行的台灣人。這一路上遇到的台灣人都跟團，反而香港人最時興在此區自主旅行。

這位來自高雄的二十三歲男孩第一次到日本旅行，他用沙發客和住青年旅館的方式旅遊，在京都住了五天，他說：「美得不想離開了。」

旅行一直是我的老師，那些結伴或獨自的旅行裡，都可以看見了自己的渺小與世界的包容。當我年紀漸長，愈鼓勵年輕人旅遊，而且是自主旅行；成名不用趁早，但旅行要趁早，才好放下自己文化的狹仄與局促。

五座山到手，我的旅途也接近尾聲了。謝謝老天保祐，我依然擁有一個人旅遊的勇氣與自由。

／

名古屋從昨夜又開始下雨，清晨起來雨仍未歇，吃過早餐之後在飯店整理行李，準備再一次告別。

在日本旅行愈多次，愈懂得這個民族的表裡不一，像一盒禮物被層層疊疊地包裝；心意是美的、禮盒是美的，既然內容物讓你無法一眼看穿，那麼就任隨我意吧。

很難說這個民族真不真誠，長幼有序也可以是一種階級暴力；我知道的是，在這裡生活很不容易，每天得把自己打理得整整齊齊，從外表、敬語到應對進退。

幸好我只是個過客，不用在這裡久留，只要在包裝紙上行走自如就夠了。

拍下在一個小站等待轉車時，我眼前的風光。那些摯愛的鄉間小房子裡，有一尊佛對我凝望。我懂我懂，無論走多遠、走多長，祢都端坐我心上。

二〇一四

巴黎—布魯塞爾—布魯日—根特—阿姆斯特丹

歐陸：非一般生活

因為想散步，從巴士底經過瑪黑區，逛了逛孚日廣場，橫過聖母院，去抵拉丁區；再從拉丁區經過羅浮宮，慢慢走回民宿，就這樣走了一整天。

巴黎真的好適合散步，轉過一個彎，就走進十六世紀，或遇見一幢宮殿；石板路看起來堅硬，走起來卻有恰到好處的彈力。

藝術橋上，成千上萬的鎖頭讓老橋負擔變得好沉重。總覺得這樣是在破壞古蹟，可戀人們的笑容好甜美，真的相信一個寫了兩人名字的鎖，便能讓愛情永恆了。

或許，真正可以永恆的，只有巴黎這座城。

／

「找間有廚房的民宿吧。」是此行最早的想望。出國愛逛市集，但除了現買現吃的食材以外，其他只能用眼睛欣賞；這回和大廚好友說好了，無論如何要在巴黎煮東西吃。

於是，他挑選了這個位於巴士底邊陲的民宿，七樓三角窗的位置，兩個小露台，附送腰軟的人一根遠遠的鐵塔。

我最喜歡的，是歐洲建築的長窗戶，這些窗戶到了亞洲，不知為何都被腰斬了，大概亞洲人害怕下半身被鄰居看到吧?!

巴黎的房子很小，跟日本有得比，但空間運用就是兩種風情：日本人喜歡的建材是木料，法國人愛的是石材；日本人必備擺飾是榻榻米，法國人愛的是織品；日本人需要空間清楚定義，法國人愛的是穿透感。

就這樣，我們在巴黎擁有好多扇長窗戶：浴室、客廳和房間；加上窗外都是相同高度、風格一致的美麗樓房，讓人不會忽略，我在巴黎，天氣晴。

／

若說這兩天的巴黎逐市集而行，也是十分準確的話。被昨天龐畢度排隊人潮嚇到，根本不敢再往博物館走，一直流連在不同市集裡。

不過，前幾個市集都沒有這個這樣振奮人心。

巴士底市集太精采，加上有大廚同行，兩個人簡直買瘋了——想吃的蔬菜那麼多，挑個幾樣吧？海鮮看起來也不錯，想要哪幾種？烤雞加上雞油煨過的馬鈴薯，當成午餐似乎不錯喔？新鮮菇也太少見了，能不買嗎？還有黎巴嫩烤餅？起司攤可以挑幾樣？這位仁兄竟然自己做白酒，應該買幾瓶鼓勵一下吧……

於是，買到幾乎提不動了才返回民宿，熟食當午餐，生食準備做成晚餐，而且有個許久不見的朋友要來我們民宿作客呢。

／

前次到巴黎已經是十五年前的往事，那年和媽媽、弟弟一起參加旅行團。有一晚，我帶著他們脫團去了香榭麗舍大道喝咖啡、吃冰淇淋，最後坐地鐵來到蒙馬特和團員們集合。那晚只能遙望山丘上的聖心堂，遺憾無法一親芳澤。

今天巴黎大晴天，逛完市集，我們終於當起觀光客，來到蒙馬特，再緩步進到聖心堂，恰好遇上望彌撒，我們坐了下來，感受神聖時光。

教堂裡，好寧靜安詳，時間變得很甜，即使人來人往，那份貞靜卻完全不受影響。

／

巴士底市集有多精采？大廚手藝有多好？看了便知道。

這個民宿很新，煮食器具與醬料略嫌不足，比如說，沒有烤箱。但大廚就是厲害，用僅有的工具創造出我們的一餐巴黎。

首先是三個熟食冷盤，分別是油漬辣椒鑲 feta 起司、中東芝麻鷹嘴豆泥 hummus、豬肝肉泥。

麵包則有巴黎與荷蘭兩款，還有大廚找到的布列塔尼奶油，與市集裡的兩款起司。

熱沙拉有芝麻葉與嫩波菜，佐以洋蔥炒新鮮蕈菇，淋上橄欖油與黃檸檬。

熱湯是看都沒看過的芹菜根，放進高湯裡煮，添些粉紅酒、加些起司，好甜喔。

主菜有兩品，一個是我十五年前到巴黎吃過並一再想念的黃金蟹，另一個則是黑線鱈魚 haddock 淋上奶油大蔥。

搭配的酒，一瓶是市集裡跟釀酒師買的二〇一〇年勃根地 Macon Chardonnay，另一瓶則是普羅旺斯 Tavel 粉紅酒。

／

此次巴黎行受到許多人的照顧，大廚不用說，領著我在巴黎愉快地散步，挑了許多好酒好食材，還做出令人驚豔的料理。

另外是兩個熟悉巴黎的朋友，在我們行前通力合作，完成一張巴黎吃喝玩樂地圖。

其中這一家聖馬丁運河旁邊的 Du Pain et des Idées 麵包店是美女畫家的最愛，我們一走進去，果然大排長龍，baguette 銷售一空，其餘的千層類與麵包都讓人想通通包起來！

我們挑了兩款麵包以及巧克力可頌、香橙小塔兩樣甜點，每一樣都好迷人；麵包孔洞漂亮得不得了，吃起來極有個性，千層類則是又酥又輕盈。我們三個人就坐在門外吃了起來，一邊吃一邊說：「好險好險，午餐沒有吃很多。」

／

巴黎的美確實雍容華貴，且是那種「富過三代始知吃穿」的貴族氣息——家大業大不用照顧，那就來關照生活吧。

於是，藝術、建築、美食、居家，都是生活必需，不是裝腔作勢、矯揉做作，而是滲入血液裡的美學基因。

鄰近的貴族是倫敦，可倫敦人把聰明才智全用在政治、社會等嚴肅學問裡，貧瘠了生活也是在所難免的事。

／

我們三人在巴黎齊聚的最後一晚，該怎麼慶祝呢？當然還是大廚大展身手囉。

早上我們一起去了阿麗格市集，採買大家想吃的食材。下午大廚與我逛完塞納河畔，回家準備晚餐。

有別於上一回合的法式風情，這回大廚加入家鄉味，有種台式快炒的fu。

首先是牛之心番茄沙拉，加入扁葉巴西里還有昨晚吃剩的庫斯庫斯。

再來是在台灣根本買不下手的白蘆筍，大廚水煮過後，淋上焦黃奶油榛果醬，甜得讓人發慌。

然後是我非常有興趣的皺葉高麗菜燉菜，加入了大蔥、牛之心番茄、芹菜根燉煮，還有香料豬肉丸子佐味，湯著實暖胃。

主菜兩品，一個是香煎鰈魚，原汁原味；另一個是新鮮蕈菇炒扇貝，香氣四溢。

吃完這一餐，小草繼續在歐洲逍遙自在，大廚短暫返回台灣之後又要歐遊，我則開始一個人的巴黎迷途之行，哈哈。

我喜歡一個人旅行，輕鬆自在；也喜歡兩個人作伴，借點體溫；他鄉遇故知，則有種凌駕一切的強大存在感——人在異鄉，卻可以過得像故鄉。

／

今天中午，大廚搜尋了米其林推薦的非星級餐廳，挑了一家離我們民宿近的Tintilou，賣的是新式法式料理。我只能說，這三道菜的午餐，把台灣我所吃過的法國餐廳全部打掛了。

這家小餐館隱居在巷弄裡，裝潢是一種恰到好處的溫暖。掌廚的是個中年廚師，外場則由太太及一位非常優雅的大男生負責。

我們點了中午的兩種套餐，從前菜的口味與盛盤就非常有東方風情：石板上放著鮭魚生魚片、茄子泥混上芝麻油與芥末子，還有豌豆與鷹嘴豆的組合。

另一種前菜則是鵝肝醬慕斯，滴上幾滴陳年巴薩米可醋，撒上芝麻菜，味蕾唱起歌。

兩種主菜都是好食材有層次的堆疊。牛肉串又有口感又軟嫩，配搭的橄欖油薯泥中還有牛肉末。圓鱈上有金棗醬汁，配搭的奶油薯泥中還有鹹鱈魚。

我們選了單杯酒佐餐，白的已經精采極了，紅的更是讓大廚沉醉：「怎麼這麼簡單的等級可以有這麼好的酒？」他沉吟半晌，才把紅酒喝完。

甜點也不馬虎，蘋果泥佐慕斯已然讓人陷溺，旁邊不起眼的瑪德蓮更是讓我吃了一口就驚呼！太厲害了！乾鬆口感進入口中，受到溫熱才散出輕盈奶油味，等到口水潤了蛋糕體，味道就這樣跳起舞來。

／

今天開始一個人的巴黎，棋盤格局我都不一定分得清楚方向，更何況這個城市的路呈現放射狀，起步或許毫米之差，走著走著往往一回頭已百年身。

這樣也很好，我在巴黎就有許多一再光顧的地標，比如說，孚日廣場。也不知道為什麼，這幾天繞來繞去，這個小而美的廣場就會不經意出現在我眼前。

下午迷途之際，犒賞自己一支小天使冰淇淋，當店大男孩推薦了經典的榛果巧克力與冬季限定的栗子，仔細裝填，舒展成一朵花的姿態，我開心地拿到孚日廣場品嘗。

我的人生往往知道自己想去哪裡，這是老天爺給的禮物。因此，對於那些旅途中的不確定性與不能掌握好像多了點耐心——旅行便是選擇了非一般生活，與其強求那些不屬於自己的基本配備，不如豁達地享受老天爺的安排，窺探一下計畫以外的人生會有怎樣的風景。

／

Byebye，巴黎。

Hello，布魯塞爾。

正在 Thalys 火車上，有餐、有酒、有風景，還有 Wi-Fi。

／

接近小童的時候，朋友說：「他真的很小喔。」

是有多小呢？我心想。

轉個街角，親眼看到，哇，真—的—很—小，他只有五十公分高，讓我著實愣了一下。

幸好，今天小童沒有穿衣服，赤裸裸呈現我眼前。裸體很好不是嗎？為什麼各國要一直送他衣服穿？真是令我不解。

／

來到布魯日，下雨的時候請記得聆聽自己的腳步聲。

這是一個美不勝收的小鎮，小河環繞，廣場繽紛，我在這裡遇到三場雨，每場都有驚喜。

第一場雨下過之後，我到廣場散步，和一個正在作畫的畫家聊了起來。

「你是台灣製造？」他問。

我愣了一下，才點點頭。他對於台灣的認識，還是那個製造很多東西的島嶼。

「哈哈，那我就是比利時製造。」他說。

我請他推薦餐廳，他說大鐘樓後側的 Gilde 很不錯，是當地人聚集的地方。

「看起來像醫院餐廳，賣的是比利時菜，而且，」他抬了下巴環顧廣場四周一家又一家的餐廳。「比這些餐廳還要比利時。」

就這樣，我在當地人餐廳吃了緩慢的一餐，因為比利時人節奏非常舒緩，我的餐後咖啡等了二十分鐘。若發生在台灣，王品集團的服務生應該會跪著祈求原諒吧?!

但這樣的節奏在這樣的老鎮裡，真的剛剛好。

第二場雨落下時，我在一個教堂窄門躲雨，雨勢一轉，竟然下起冰雹，看得我目瞪口呆，又欣喜不已。

第三場雨前後只有一分鐘，還來不及找地方躲，雨就結束了。我站在小河橋上，竟然看見，橫亙整個地平面一道一百八十度的彩虹。

來到布魯日，下雨的時候請記得聆聽自己的腳步聲，雨水之後，便有美景。

人生亦然。哭泣的時候，記得雨後有彩虹。

／

比利時布魯日，小教堂前廣場，冬日樹幹與無葉枝枒倒影青草地上，還有一小叢一小叢水仙在明暗間顧影自戀。

小小溪流從莊園那頭淙淙流來，我坐在這裡，歲月靜好。

「Silence」，兩側入口請遊客們安靜。

沉默剪裁著風景，沉默是金。

／

實在沒想過，會提早去了荷蘭，更沒想過竟然就這樣到了德國。

今天朋友開車，我們一起去了德國小鎮 Aachen，吃了德國豬腳與香腸，買了WMF的刀、DM的維他命，還有媽媽的銀杏。然後再驅車北上荷蘭 Roermond Outlet，買了我人生的第一只 Le Creuset 鑄鐵鍋。

歐盟國家開放邊境，同一條高速公路不知不覺便到了彼國彼岸。除了路邊標示可以知道國別，路況也提供了指標：荷蘭人把路建得很好，德國人更是一絲不苟，還沒有速限；等路面開始上下跳動，就是回到比利時。

黃昏時分看過 outlet 旋轉木馬，我們回到家裡煮飯。這幾天煮飯給朋友吃，也教他們做瑜伽，開玩笑說是「打工換宿」，其實更像是一起生活。這次的旅遊方式，確實很居遊。

／

如果說布魯日是無人不愛的偶像歌手，那根特就是中年女伶，有過歷練、懂得包容，才更能駕馭角色。

一樣是河流穿越的老城鎮，根特位於布魯塞爾與布魯日之間，大部分觀光客都選擇布魯日，於是根特保有了生活的厚度。特別是週末，到處都是各種市集：沿著河流蜿蜒的是書市，小廣場裡的是花市，住宅區裡還有許多生鮮市集。

那我會喜歡哪一個呢？許多人喜歡蔡依林，但我更愛張艾嘉。因為偶像容易成為花瓶，一如電影布景，能在背景前豔冠群芳的，才是真正的天后。

比利時最想見的人，海齡 & Astrid，以及她們的狗 Nana。此次歐遊的好友相聚 part 2，我們在老城根特逛了一整天，然後回家用 Le Creuset 做飯。是的，她們也入手了一只鑄鐵鍋。

／

今天放棄了原定計畫的盧森堡之行，決定留在布魯塞爾，和海齡一起散步。我們從全世界最美的大廣場開始，一點一滴拼湊出她們的城市與我的旅途。

／

聽媽媽說，我的母系基因中有著荷蘭血統，因此一直想來走走。終於，今天抵達了阿姆斯特丹。

在運河間散步時，突然覺得此行三座城，像三個不同年紀、性別、個性的路人：

巴黎是上了年紀的女人，腰桿依然挺直，穿著合身短大衣，坐在露天咖啡座抽菸，薄唇抿出剛毅的線條，不怎麼看人卻享受被看。

布魯塞爾是單身赴任的中年男人，開著車在微雨街道上，想起回家之後得面對一屋子寂寥，手在方向盤上沒了方向。

阿姆斯特丹則是騎單車、念設計的大學男生，性愛可以衝動、大麻不妨來一管、隨地尿尿也沒什麼了不起，狂放就是青春本色。

／

旅居澳洲的朋友跟我說，在他們的社會裡，職業不太有歧視，你是坐辦公室或是端盤子，大家都平等。

歐洲也是這樣，特別是服務業。我在這裡看到許多優雅的服務生，他們穿著很有自己的風格，就是圍上一條識別的小圍裙；他們不卑不亢，做好自己的工作，卻不需要讓客人喜歡。這些都是我所欣賞的。

台北服務業深受日本影響，而且青出於藍，讓我常常覺得被打擾。那些想跪下來的、語調上揚的、喋喋不休的、無止無盡讓顧客滿意的，我都很想問：你們不累嗎？

就在這家店裡，我看到滿頭白髮的老先生站在櫃台整理麵包，輕柔而溫暖。我進了門，他跟我打聲招呼，就持續自己的工作，有種強大的認真包圍著他。

我想內用，該往哪裡走呢？我沒問，持續往內走，然後是一個美麗的黑人女子迎接我，她讓我隨意挑位置，先繼續原本的送餐，忙碌告一段落才來招呼我。用餐時，除非招手，否則女子就在她的工作站，需要了才出來收盤子；天光從帷幕上灑下來，我和朋友自在地聊著天。

或許有些人覺得花錢就是來當皇帝的吧，我也喜歡花錢，但更愛彼此都不被打擾。

／

我在深夜的雨水與運河之間迷了路，還有滿街大麻味如影隨形。我不驚慌，只是在想：這真的是飯店方向嗎？那個第二天相約見面的妹妹現在又會在這城市哪個角落呢？

突然之間，真的是突然之間，一個亞洲女子跟我揮手，她穿著長大衣、戴著毛帽，瘦長身形彷彿宮二小姐站在細雪裡。

定睛看清楚，大喊：「怎麼可能？怎麼可能？」然後奔向前去，緊緊相擁！

竟然是阿沚和怪獸，也是我阿姆斯特丹最想見的人。

旅行開始，我規定自己每天要寫兩篇文字，當成一種記錄。這些照片與文字出乎意料地召喚出許多緣分，像是旅居美國多年的朋友邀我去她家，另外就是跟阿沚的對話。

阿沚說她剛要往巴黎，而我恰巧要離開了。

「那下一站呢？」她問。

「布魯塞爾，然後是阿姆斯特丹。」

隔著訊息視窗，我幾乎都聽到她的尖叫，她的歐洲之行竟然也會到阿姆斯特丹，並且與我重疊！這巧合已然讓我驚喜，我們約好見面，就這樣各自繼續旅程。

而老天爺真的好慈悲，安排我們在茫茫人海、他鄉異國、微雨夜街就這樣提前相遇了，還解救了我的迷途，真是人生最不可思議的一次重逢。

阿沚和怪獸貼心地陪我走回飯店，那一段路阿沚和我手牽著手，眼眶發熱，心裡好暖和。

有阿沚和怪獸，就有五月天。於是，我竟然在阿姆斯特丹再一次登上諾亞方舟。

跟阿沚在演唱會後台，她領我見識了搖滾樂團的專業分工與演出前晚餐；我們在這裡敘舊談天，說著她的戀情、我的旅程，這後台成了咖啡館，讓人捨不得離開。

宮二小姐說：「人世間所有的相遇，都是久別重逢。」是啊，但我也太幸運了，巴黎有大廚與小草的陪伴，布魯賽爾有海齡、Astrid 與 Nana 的等候，阿姆斯特丹竟然還有阿沚與五月天同行！

／

因為阿沚和怪獸，我參與了五月天在阿姆斯特丹諾亞方舟明日版演唱會，而且被安排在非常好的位置，伸手就可以觸摸到飄散在空中的音符。

認識五月天很早，早到他們還沒有成為偶像，看著他們發光發熱，到世界巡迴，都讓我感到欣慰。而這十五年來的關注，這一晚最是感動，因為我們在荷蘭，一個統治過台灣的國家。

成功需要些機運，五月天也是。他們趕上台灣流行音樂最美好的末班車，加上滾石唱片精英雲集，站穩第一步；再來是台灣實力在中國方興未艾，緊接著華人世界站上最耀眼的舞台，席捲全球。

機運是階梯，每個人都可以擁有成名的十五分鐘。可五月天捉住了這十五分鐘，集幕前幕後所有工作人員的全心全意，把這十五分鐘變成了十五年。最讓我敬佩的，是我所認識的五月天成員都好認真地過生活，沒有因為成名而變得和從前不一樣；更讓我豎起大拇指的，是他們把自己放在台灣、放在整個社會脈動裡面，用群眾給予的位置做對的事、說對的話。

這一晚的安可曲，第一首就是〈入陣曲〉。偌大舞台螢幕上播放著MV，一個老台灣漂浮在卷軸上，看到的那一刻，我眼眶熱了。這裡是「身穿花紅長洋裝，風吹金髮思情郎」的荷蘭，他們曾經用怎樣的眼光看待台灣？如今因為五月天，他們又會用怎樣的眼光看待？然後是MV裡那些為正義發聲的各樣場景一一在異國上演：核四、政府監聽、洪仲丘事件、台東美麗灣事件、媒體壟斷……最後三個大紅字：「入陣去」！五月天，好樣的。

符號，是五月天演唱會在甜美音樂中細細織就的，省思並且表達立場，而這不就是搖滾精神嗎？果不其然，一大面彩虹旗出現了，在自由的阿姆斯特丹這一點也不足為奇，可在滿場華人心目中呢？有能力的人登高一呼，我相信會讓許多孤單角落裡的人獲得溫暖，然後整個社會便會懂得回應。

散場之後，整部電車都說中文，每個人興奮地一如放學的小學生，吱吱喳喳。我發現，五月天的歌迷也慢慢長大了，有帶孩子的、有中年同志，在今晚的音樂裡重溫青春，也帶領年輕一代認識五月天。

／

就在阿姆斯特丹市中心的西教堂旁邊，我看到這個凸出於運河的粉紅色三角花崗岩，上面滿是鮮花與蠟燭。這是阿姆斯特丹的同性戀紀念碑，一九七九年由阿姆斯特丹藝術家Karin Daan設計，一九八七年九月五日落成。由三個巨大粉紅色花崗岩組成，紀念二次世界大戰中，所有因為同志身分而被處死的男性與女性，並且希望這樣的事情不再重演，也鼓勵與支持同性戀者，反對壓迫與歧視。

這個紀念碑左近，就是安妮之家。那個嚮往自由、卻被禁閉青春的年輕女孩，用自己的筆寫下令人不捨的無光歲月，一切只是因為她是猶太人。

許多遊客不知道的是，納粹不只屠殺猶太人，也屠殺同性戀者，粉紅色三角形，就是當年被捕捉的同性戀者囚服標記。令人遺憾的，如今這個圖騰依然貼在每個台灣同性戀者身上。特別是多元成家的議題討論中，那些說出「我不歧視同性戀，但是××○○」的人，還有手牽手限制人身自由的右派基督徒，以及用「家庭」為包裝號召捐獻、遊行、義走的鼓動與被鼓動者，你們就是歧視同性戀！

革命尚未成功，同志仍須努力，請記得每一個支持的信念、給予掌聲的雙手，都會創造出一道彩虹，讓悲劇不再發生，讓每個人在陽光下開心做自己。

／

當清晨陽光斜斜照進房間，旅程也將告一段落了。我一邊收拾行李，一邊回想起台北的工作與新竹的生活。

我喜歡旅行，帶一雙鞋子、一件大衣、兩條褲子、四件衣服，就可以遠行；可在日常生活裡，欲望愈來愈多的物質、制定愈來愈高的目標……

我喜歡旅行，把自己放逐到完全陌生的異國他鄉，學習隨遇而安，體會處處都是驚喜；可在日常生活裡，習慣待在舒適圈，縱容一成不變……

旅行成了一種養分，為我的日常生活長出不同枝枒，探索不同天空。

我的人生沒有選擇漂泊，可不代表血液裡沒有漂泊；畢竟，人生就是一場漂泊。

二〇一五

十和田湖—秋田—銀山—藏王—松島—京都—和歌山—京都—天橋立—大阪

日本：冬物語

「阿伯，飛機外面有雪嗎？」祈臻小朋友仔細地端詳窗外。藍藍的天，白白的雲，還有她紅紅的臉蛋，是我坐飛機二十年來，看過最美麗的窗邊風景。大年初三，許久沒有的家族旅行開始了。這回因為祈臻小朋友想看天上飄下來的雪，於是我挑了日本東北，一家五口一起飛行。

／

十和田湖冬物語，小小的雪祭，用雪雕、雪燈、雪屋、雪山堆疊出冬日風情畫，夜裡還有十分鐘花火，燃亮整個會場。而祈臻小朋友最喜歡的，是自己拉著雪板從雪山上滑下來，第一次還有幾分驚恐，再來就深深愛上了。

／

此行最難訂的飯店是三百五十年的祕湯旅館：鶴之湯。在山谷最深處，還有一條潺潺流過的小溪。冬季，小雪屋裡點了燭火，加上處處懸掛的煤油燈，時光彷彿遺忘了這裡，不曾光顧。

／

今晚夜宿銀山溫泉，也是因為一張雪景，慕名而來的。對照此景和昭和時期老照片，真是佩服日本人留住歲月的功夫，溪的兩岸是百年木造建築，招待旅人睡上一宿，溫暖舊夢。傍著溪水淙淙，今夜好眠。

／

清早即起，走一段山路，泡一個晨湯，神清氣爽之後，相遇第一場飛雪。興奮地回房把家人叫醒，帶他們一起去賞雪。祈臻小朋友說，雪是麵粉，軟軟的。是呀，她人生的第一場雪，輕輕柔柔，像一場耳語。

／

藏王樹冰，Ice Monster，又是一個因為照片而想一睹的奇景——當水珠遇見冷空氣，就結成包圍整棵樹的冰怪，直條條站滿山崗，一如兵俑。

老天爺對我們真好，上山時陰天密雪，到了山頂，朗朗晴空，美呆了！

「有人違規越過警戒線，好危險呀。」媽媽喊著。

「那不正好？可以給我們拍照。」我說。

謝謝你願意冒險，豐富了自己的人生，也滿足了我們的眼界。

／

坐公車上中禪寺湖，大雨竟然化身成大雪，新雪壓在森林枝頭上，美不勝收。以為離開東北就告別雪國，沒想到上山還是雪後的國度，大雪打在身上，還會發出「噗噗」聲響。第三次造訪中禪寺湖。到相同地方旅行，回憶更容易浮上心頭。

第一回和農夫來，一窮二白，繞湖半圈，只有能力住進僅提供咖哩飯當晚餐的民宿。可那時體力正盛，農夫從日光市集扛了一床棉被回台灣。第二回跟媒體團來採訪，從成田機場拉車北上，住進湖畔旅館，吃宴席料理。可心上懸著工作，唯恐沒拍到跨頁大圖，對景致用心程度不如觀景窗裡的畫面。第三回帶家人同行，有能力挑了自己喜歡的旅店，選擇豪華的松葉蟹全餐，桌邊還加點一瓶法國白酒佐餐。可同團有老有小，想走遠又放心不下，只能湖畔賞賞風光。

不同人生階段都沒有十全十美，而我們從缺憾中，終究才能印證完美。

／

從來沒想過，會帶著一個四歲小女生一起旅行；而旅行開始之後，這個小女生帶給我的樂趣，竟然超乎想像。每天進到飯店，祈臻小朋友第一個要求就是「泡溫泉」，然後換上小朋友專屬的浴衣，再去吃大餐；第二天早上起床，得先去堆「snow man」，再去泡一次溫泉，然後吃過早餐，休息夠了，才要出門逛逛。

除了坐公車會暈吐之外，祈臻小朋友還挺適合自助旅行的。

窗外是日本三大景之一的松島，卻因為祈臻小朋友想看影片，就晚點再去造訪美景吧。反正旅行美在閒適的心情，而不是富足的眼睛。

從來沒想過，會帶著一個四歲小女生一起旅行；末了才發現，其實是她領著我看風景。

京都：十八年夢

每次要飛行，總會想起那張影響我最深的唱片《回聲》裡，那首潘越雲的〈飛〉——年輕時以為有一天，會唱給某個愛戀不到的情人；末了才發現，這首歌，我一直唱給「旅行」這個對象聽。

「只要你能說出個未來，我會是你的。／（這一切都可以放棄……）」

感謝自己，依然喜歡單身飛行。

／

旅行時，請慎選隨身書。

出門之前，朱天心終於有十六萬字新作問世，且又以此行重返的京都為舞台，趕緊買下傍身。

飛機上，我成了夢遊之人，被《三十三年夢》這根笛子誘惑著走夜路，不覺飛機餐與機上空氣的虛情假意，一個勁兒走進朱天心青絲到白髮編織的迷夢裡。

下了飛機、上了火車，繼續沉迷地閱讀。京都櫻花不過是預告片想勾你進戲院，朱天心要寫的根本就是《紅樓夢》後四十回的崩毀，而且絮絮叨叨，幹道與支線面面俱到。她記力極好、筆力更好，穿針引線這三十三年的人事更迭。我看得入迷，抬起頭來，竟然，剛剛還滿座的整節車廂，只餘我一人。恍恍惚惚，兩面窗已然夜墨。

後來定睛才看到，縮在座位裡，還餘下幾人。一如老人抬眼，僅能望見寥寥同輩。

我在哪裡？京都？東京？還是辛亥路的巷子？

我是誰？旅人？寫字的人？還是朱天心直言不諱、不掩厭惡的人？

／

火車好不容易抵達了今日目的地，日本和歌山東南端的新宮，我拉著行李出站，想的依然是書裡那些誰誰誰。

猛一抬頭，萬籟俱靜，不過九點，這小鎮竟然絲毫無人煙。

（若不是路燈亮閃，便是《陰屍路》場景了。）

幸好，我不怕鬼。

繼續前行，走進新開的商務旅館，走進房間，走進氤氣甚濃的大浴池，走進按摩池裡，還低吟幾句書裡罵的髒話。

泡過澡，該去吃晚飯了。赫然想起，這個小鎮是秦始皇的徐福尋得蓬萊仙島登陸地，最後，他也葬在這裡。那麼，這裡的住民多是當年童男童女後人？若是朱天心，又會怎麼書寫這裡？

走出旅店，沒有餐廳、找不到便利商店，只有路人遙指一間超市予我。那也正好，我愛逛超市，特別是夜裡萬物特價的超市。拉了方籃、推了小車，只覺得這超市音樂忒怪，怎麼一直是〈驪歌〉？

整個超市，只我一人，挑了魚生、選了天婦羅，還想吃什麼？櫃台為何只有一位歐巴桑？她直挺挺地站著，好像《三十三年夢》裡學能樂的女人啊?!

接著，一位警衛大概再也無法忍受地衝向我，氣急敗壞地說一堆日語。

「十點？」我只聽得懂這兩個單字。

那兩個字像咒語，終於把我喚醒！奏、驪、歌、是、因、為、人、家、要、關、門、了！（不然是要費玉清唱〈晚安曲〉嗎？）

我飛也似地挑了梅酒、挑了沙拉、挑了生茶，然後一邊道歉、一邊結賬，歐巴桑一如《三十三年夢》裡的日本女人，好聲好氣地說：「沒關係。」

末了，我從大門已鎖的超市後門賊也似地離開，提著滿滿的夜宵。

幸好我回了頭，那霓虹燈火，瞬間熄滅。

至少，我看見它亮過，那不是狐仙，那不是三十三年夢……

旅行的時候，記得慎選隨身書。

／

或許因為認床，或許因為朱天心的夢太重，早早便沒了睡意，乾脆吃過早餐開始急行軍，把原本預定兩天要走的行程，一天解決，包括同列世界遺產的四個神社、一間寺廟和徐福公園。

關於熊野三山的三社一寺（本宮大社、速玉大社、那智大社、青岸渡寺）記述者眾，我來說說那個較少人造訪的神倉神社吧。

走在新宮市區，只消舉頭往山的方向看，就能見著一顆巨岩，以及旁邊的小巧神社。不過，看得到不一定走得到，往神倉神社去的，可真是一條修行路。

沿途被走到光滑的百年老石板路已然夠嗆，且每階有我半截小腿高，更有甚者，高過我膝蓋。所以，許多老住民只是走進鳥居，選一棵老樹靜默，便當上過山、見過神了。

我拚命也似地上山，直到看過巨岩與神社，鳥瞰新宮市區，才開始發愁：上山容易下山難啊……

這時，我竟然看到路旁有書「女坂」二字。我不知日文漢字說的是啥，但翻成中文，應該是「女眷走的路」吧?!

我決定試試。這才發現，女坂深入草叢，曲徑通幽，竟是一條傍著參道、蜿蜒且和緩的小路。早知這樣，便做女眷嘛，何必男身？

做男的也好、做女的也罷，反正都是我的路。前半生做男的，驍勇善戰、勇往直前；後半生做女的，慢條斯理、溫柔包容，也是一種兩全。

我在神倉神社不只看到巨岩，還瞧見了性別。

／

此行來日本的主題，是想親近朝聖之路、朝聖之人。

日本有條名列世界遺產的朝聖之路，熊野古道，從熊野三山翻山越嶺至高野山；朝聖的人會身穿「同行二人」白背心、頭戴斗笠、手持金剛杵，苦行僧也似地一步一步往前走。

最後兩公里，是往奧之院去的石板路，兩旁盡是墳地與碑石，還有筆直參天巨杉，弘法大師空海，會在終點處等著你。

今天恰好看到朱天心用《西遊記》最終篇章形容這裡——「脫卻了那胎胞肉骨身」……走著走著，身體消融了，終能見著佛性。

我刻意挑選黃昏時到訪，夕陽西斜，石燈亮起，路上人煙稀。我一個人靜靜走著，沒有脫胎換骨，也沒有半點驚心，只是緩步慢行，放空頭腦，當成動禪。

「當你心裡想朝聖，你就走在朝聖之路了。」好友這樣跟我說。

今晚住在高野山上西禪院，寺廟宿坊竟成此行最貴旅店。一來想親近黃昏與清晨的高野山，二來明日是我媽生日，廟裡掛單、吃精進料理，為家人祈福。

精進料理真的很「精進」，以豆類為主的菜餚美味且各有個性，不過連我這中等食量都僅能果腹，比我大度的，可能就得「抱石」了。

晚餐之後，整間廟便已睡去，隔壁房間老先生咳嗽太劇，廟也震了幾下。明早清晨六點，準備打禪聽經。

／

這幾年旅行有個「症頭」，無論如何都想自己下廚。更何況這回重返京都，京野菜美不勝收，醃菜更是一絕，說什麼也要找間廚房。

就這樣，我找到一家宿舍也似的旅店，擁有比商務旅館大兩倍的空間，可以有自己的廚房、自己的陽台、自己的洗衣機！

於是，我遠離熟悉的河原町，搬到二条來了，就在立命館大學朱雀館左近，一個蓋頂街市裡，這裡沒有觀光客，只有炊煙裊裊的京都人；樓下一家不打烊的小超市，附近還有三家以上的大超市！

入住之後，得先布置。此處空間想法有點怪，一張床橫在中間，沙發、桌子和衣架有種前不著村、後不著店的怪奇。我搬動了大部分家具，用不到的電視、電話暫且收好，再把筆電和瑜伽墊擺上，放起萬芳的歌，就是自己的房間了。

接著去附近晃蕩，大路癡的我總得迷路好幾回，才能找到對的方向。但也無妨，就這樣遊蕩到超市都打折了呀。

「請問，醬汁哪裡買？」我用英文問。

店員自動略過英文，以為我貪特價，用機器掃描那盒近江牛，我竟然平白無故得到半價優惠。

既然如此，買根大蔥、白菜、舞菇，當然還得一瓶紅酒，並佐以當令的無花果當餐後甜點吧。回到房間，先倒紅酒才開始做菜。且先讓我酒足飯飽，才細數京都唐風貌。

／

這是哪裡？是天橋立沙洲上的松樹群和我的腳踏車。

此行計畫之初，對於要不要來這裡一直猶豫——雖也算京都，但坐車來回要超過四小時，簡直遠得要命的王國。

最後還是來了。一來是同列日本三大景，其他兩處我各去了兩次，此處卻一直沒來，到底覺得不好意思；二來買了JR Pass，歐巴桑心態，覺得去得愈遠愈划算啊……

幸好來了，不是說這兒的景致美過其他兩處，而是我被這裡的常民生活給吸引。較之於嚴島神社的不苟言笑神之島，與松島的你好我好大家好遊人如織，天橋立就如一個普通的日本鄉下，澆花的澆花、散步的散步，只是恰恰好，我家附近就有油田，那又怎樣？

比如說，與嚴島神社海上鳥居、松島海上孤松等潔癖似的影像大相逕庭，天橋立的標準景致，不管是飛龍觀或昇龍觀，怎麼拍攝兩岸都有群居的小屋頂，裡面住著世居於此的家族，而不全是給觀光客的旅館或食事處。

於是，坐完纜車下來之後，我竟然就直直走進附近人家買菜的大超市，買了熟菜、水果與和菓子，然後騎著腳踏車，到沙洲某個四下無人的僻靜角落，靜靜野餐。

野餐吃食倒也尋常，只有水果很別致。耽美的日本人容不得香蕉長黑斑，那些上了斑的竟然四筆只要五十日圓?!愛吃香蕉的我真是大驚，猴也似地一次吃兩筆。

吃完香蕉，才發現身旁松樹針葉林子裡，幾無聲氣地坐著一位輪椅上吸氧氣的老男人，他目光直直地盯著沙灘看；沙灘上，應該是他女兒吧，和孫子一起踏浪，笑聲飛揚。後方不遠處，還有他的妻正在畫著圖，靜默不語。

應該是癌末居家安寧照顧的老人吧，初老女兒期盼幼兒能一輩子記得外公，堅持要有這趟創造記憶的旅行；老媽媽只能稱是，一旁垂淚且用畫筆，記錄下沙漏即將流完的最後一段歡樂……

後來，我騎車追趕這一家子，孫子正坐在外公腿上，初老女兒使盡全力推著輪椅就要飛起來了，孫子笑了、外公就笑了，老媽媽喘吁吁地碎步跑著……

「老伴，你要記得，你往哪裡去，我就去哪裡尋你……」我彷彿聽到老媽媽口中念念有詞。以上，只是單身旅人的內心戲。

／

當看到朱天心不斷在書裡寫著：「現在的京都是『世界的京都』，而不是『日本的京都』。」我沒有任何危機感。畢竟，「世界遺產」這幾個字絕對可以量化成錢財，滋養任何一座城市。

只是，當我早上八點抵達伏見稻荷大社（想看胡蘭成、朱天文、朱天心住過的旅店，以及村上春樹據說出生於此），竟然看到滿坑滿谷的人，讓我驚恐極了。

話說我第一次到京都是一九九八年年底，和兩位童年友伴（如今一個依然相知相守、一個已然不相往來）從北海道一路玩到京都，住在東本願寺山門斜側民宿（便養成每回來京都必先去此廟問候的習慣）。當時，京都車站剛建好，輿論撻伐聲浪不斷（一如艾菲爾鐵塔之於巴黎），我們在八坂神社聽鐘聲跨年。

那時候的京都，是「日本的京都」，繁華恰到好處，剛剛好的擁擠、剛剛好的清幽。

後來夏天來京都、春天來京都，還是差不多的感覺，直到清水舞台爭取「世界新七大奇景」那一回，開始覺得遊客暴增許多。

這一次相隔八年重返，我真的被嚇到了，每間寺廟（特別是要參拜費的）都人滿為患，讓我感覺來到一個以唐朝為主題的樂遊園，公車載來一車又一車的人群，大家不厭其煩地排著長長人龍想玩遊樂設施。（而且每個人不斷自拍、上傳、自拍、再上傳，只有照片裡有笑靨，收起手機，皺著眉頭趕路趕行程。）不逛廟，去吃甜食總可以吧。京都有家我最愛、以葛切聞名的某名店，從前下午往往只有我一桌客人，點了葛切之後，老媽媽進廚房傳來水聲與冰塊聲，便知道一切照起工手作，所以每回都要吃上兩次才甘心。今天興沖沖去，裝潢變得高雅了，帶位服務的都是年輕美眉，得候位一會兒才進得門內；點餐之後，不要一分鐘，葛切就送上桌了……

最遺憾的是吃完黑糖蜜葛切之後，我拿了水壺向美眉要開水沿途喝，美眉問了許久，竟然只跟我兩手畫「×」並說了「Sorry」。

好的，那我明白了，對自助旅人這麼沒情分，我也只能說：「Sorry了。」我會繼續愛葛切，但不再是你們家的了。

我該拿京都怎麼辦？

幸好，有家遠遠的、想去的咖啡館，澡堂改建而成，有餐有甜點。走進這裡，太棒了，只我一個外國觀光客，其他兩桌都是日本人。

我挑選了有天光透下來的澡盆正中央吃午餐，從蛋花雞湯、油漬番茄沙拉到白味噌炙雞，都讓我驚喜不已。歇了歇腿，我拿起水壺給女侍應……

她的笑容好真誠，還裝了滿滿的冰塊和水拿到我桌前！

我還是愛京都的。只是，世界的京都已然不再是我的京都，這也是我的「（京都）十八年夢」吧！

／

今日，我一個人朝聖，往鞍馬寺本殿廣場，安靜地坐在一角。

遊客去鞍馬、貴船，多是為了朝拜及那段蜿蜒山路；我喜歡健行，但想來此地，是為了走上這個廣場，準確地說，是為了走上廣場裡中心點那塊三角形石坂。

閱讀經驗使然，我相信這地球上有許多「門戶（gate）」，可以通往另一個世界──好比老子說的「道可道，非常道」。那「道」不是上善若水，就是「通往另一個世界的道路」。

而那塊三角形石坂，可能就是一個門戶。

至少，那是一個能量中心點；我學過的靈氣，就在這裡被祖師爺爺發現，然後流傳於世的。

所以，盼了幾年，才來到這裡，先靜靜觀望，然後近鄉情怯地一步步靠近，最終站上石坂……

當然，沒有一脈光束將我吸上天，但閉上眼睛的我確實感覺到耀眼的金色光芒。我站在那裡，好感謝自己，我來了，我體會了，這個階段或許只能這樣了──畢竟還有許多捨不下的、無法出離……

等到有一天，修為夠了，說好的太空船！請不要忘掉我啊！

／

就這樣，養成每天去一家京都咖啡館看書的習慣。

此城許多咖啡館開得隱密，一塊小小店招，只給有緣人；若不是事前查過、搜過，是不可能經過發現的。就這樣，濾掉許多愛熱鬧的觀光客。

比如這家咖啡館位於二条城斜斜對面，我前兩天買菜的超市就在對街，打門前走過也半點不覺。這樣也好，昨天恰好趕上限定兩天的下午茶組合，和一家紅豆名店合作，出了三款甜點。

我點的這一款，是用好吃的土司為底，抹上牛油，烤到表皮酥脆、內裡鬆軟，再塗上名店的紅豆泥，還附上打發鮮奶油；我有被紅豆泥嚇到，加了不留餘味的鹽，讓紅豆恰如其分地表現。

我還喜歡這裡的咖啡。可以挑選四家京都小店自焙咖啡豆，而且是燙口的溫度啊——我知道喜歡手沖的人會覺得溫度太高，咖啡無法表現出層次，但沒辦法，我就愛燙口咖啡。

今天去了另一家也是年輕同事推薦給我的咖啡館，更隱密、更低調，只有上了二樓的門板，貼一張便條紙也似的牛皮紙寫上店名。我坐在階梯看書，等它開門。只是營業時間過了，大門依然深鎖……也太有個性了，竟然選擇星期日店休。

於是，我胡亂坐上公車，並且大迷路之後，不小心闖進剛剛在京都展店的 Dean & Deluca，開在一幢洋樓裡，點了沙拉、法式鹹派與拿鐵，久違的美式風格，不好不壞就是 Dean & Deluca。

世上罕有幾座千年都城，有些京都人守住往日榮景，有些京都人開創另一種風光，這便是老城繼續迷人之處啊。

／

據說，日本人是用京都藍圖規畫台中，以大阪擘畫台北，那麼，我應該要對大阪感覺熟悉才是吧?!

其實不然。每回來關西，總只把大阪當成買物之地，沒有任何流連忘返。因為得坐早班機離開，這次訂了難波附近的旅店，而不是稍微熟悉的道頓堀。

其實也不過十分鐘步行路程，我卻彷彿來到另一個平行宇宙。這裡是宅男聚集地，滿街都有穿著女僕裝攬客、各種髮色的女孩，還有許許多多公仔、網咖與AV店。宅男們不修邊幅並且寂寞，整條街道流竄著濃密的賀爾蒙……

晚上步行去了新世界，為了回味串炸。

幾年前來採訪大阪B級美食，便覺得這裡的人好愛吃主食——大阪燒、章魚丸子、炒麵、拉麵……是有那麼餓嗎？

不過，我第一回吃串炸，確實驚為天人。我不特別愛吃炸物，畢竟會拿去炸，往往為了掩蓋食材的不新鮮。而串炸恰恰相反，用新鮮食材裹上各家祕方炸粉，再沾上獨家醬料，有種大快朵頤的豪爽。

我特意去找當年採訪的那家串炸排隊進場。那回，日本官方導遊找了一個中國女孩當翻譯，兩天裡，我們從大阪去了奈良、再回大阪，女孩和我說了許多話——她一個人在日本舉目無親，日本消費高，家裡又不特別有錢，過得很辛苦；況且日本男尊女卑，她得學習替男人斟酒。

採訪串炸之前，我問她：「這好吃嗎？」

「我也沒吃過。」她說：「串炸吃下來不便宜，我們留學生吃不起。」

「這樣啊……」我說：「請妳跟他們說，我需要妳當翻譯，妳陪我一起進去吃。」

「這樣好嗎？」

當然好。我請女孩點她想吃的，然後我一邊拍照、一邊請女孩翻譯進行採訪。

啤酒上桌的時候，我執意替女孩倒酒。

「別管日本人怎麼做，咱們做咱們的。」我說：「向來都是我替女生倒酒，到哪裡都一樣。」

一轉頭，官方導遊就站在門外直視著我們，她是不是懷疑女孩轉達的可是我的意思？又怎麼看待我為女孩斟酒呢？

那是許久許久之前的事了，女孩、導遊和我當然再也沒見面，而我記得女孩臉上滿足的笑容，這樣便已足夠了。

如今再吃同一家串炸，也沒有什麼特別美味的感受，只是要了兩回生高麗菜，覺得這樣一餐也太油了吧。

女孩好嗎？導遊好嗎？我舉了杯，祝福她們。

／

「旅程最後一夜，該是什麼模樣呢？」用馬克杯喝著白酒，我喃喃自語。

當了一整天馱獸，將家裡需要的各樣鍋子、電器、3C、衣物、零嘴、藥妝一次又一次馱回旅店，累到不像旅人，倒有幾分像跑單幫。

「這一天也跟前幾天沒什麼不一樣，但就是最後一個晚上了呀。」

旅程走得好遠，回想前幾天，竟已開始泛黃。今晚馱獸累了，不想出門，只想縮在殼裡吃飯、喝酒、看書。

跑了幾家小攤，買了幾樣熟菜，還選了一瓶西班牙女釀酒師的白酒Mia，回旅店一邊收行李，一邊吃吃喝喝。

「這就是最後一夜的模樣啊。」凌亂的房間，行李四溢，微醺而放鬆。

天未暗去，燈已亮起，房間有扇小小的窗，窗外，世界依然在對我招手——下一回，又是怎樣的旅程？

二〇一六

紐西蘭：Motor Home in NZ

這回前往紐西蘭參加一對同志朋友的婚禮。

他們在一起近二十年，一起買了房子，也融入彼此家庭，關於婚姻，其實不曾渴望也不曾嚮往。直到，在跨國企業工作的一方獲知公司認同同志伴侶關係，只要取得證明，另一方便享用配偶的權利。

「為什麼我們不把手續辦一辦呢？」他們問了問彼此。

一樣在企業中努力工作，一樣在生活裡照顧家庭，同志哪點不如人了？若真有異於常人之處，應該是嫻熟於對抗歧視與強權，並更踏實地在每個細節全力以赴。只是，台灣還不承認同志婚姻，他們蒐集了資料，決定飛去紐西蘭結婚，多浪漫呀。

一聽到這個好消息，我們就舉手報名了——此生包出多少紅包給異性戀夫妻？當然應該加倍奉還給權益受損的同志伴侶！

他們婚禮的 dress code 是彩虹，男生則要打上領結。美女畫家好友一雙巧手，親自設計、裁縫兩個彩虹領結送給我們，把兩種元素融合在一起，還標籤了我們的名字。

抵達紐西蘭南島皇后鎮，先和夢幻露營車見面，我替它取名「大白熊」，是我們四人六天的家。開車上路，真是好大的車，決定直接開進露營地 Creeksyde，綠樹成蔭，還有綠頭鴨。跟弟弟借的自拍棒加廣角鏡頭，讓我們和大白熊完美合影。

露營車一直是我想體驗的旅行方式，一拿到車，對這龐然大物充滿好奇，就是整幢房子行走在路上。皇后鎮路不大，路邊要是停了車，行駛起來真是驚險萬分。

我們的露營地在一條小小溪旁，高聳的樹和散步的鴨，讓人難以抗拒。上了超市、買了食材、吃了晚餐、逛了小鎮，露營車上一夜好眠。

旅行，也是一種創造，相遇不同的風景，還有未曾謀面的自己。

／

這次的紐西蘭之旅只計畫了露營車、沒計畫行程，希望順隨心意、邊走邊想。

車上三個人沒看過冰川，我們決定繞到南島西海岸。這裡多雨而滿地好美的蕨，比東岸人更少，旅遊者以年輕人居多，有種奔放的自由。

今天上午健行去看 Franz Josef 冰河，去程是春天陽光露臉，冰河與雪山滿身光華；回程是冬天，冰雹和冰雨把我們淋得溼答答，卻還是好開心自己在路上。

旅途上沒人知道會遇上什麼，春天和冬天都很美，冰河雪山與受困路邊相同迷人，這就是人生。

／

農夫和我們一起旅行，最辛苦的就是逛酒莊，因為他滴酒不沾，只能聽我們說說酒的樣貌，然後盡職駕車。

經過一整天酒莊之旅，我們入住的露營地就在 Hawea 湖畔，赫然發現這裡可以租執照釣鮭魚和鱒魚，農夫眼睛發亮。

我們決定替他租根釣竿，讓二十年沒釣魚也沒用過假餌的他可以親近湖光水色，他便英姿勃發、頂天立地站上石堆了。

半小時之後，扮裝成漁夫的農夫空手回來了……

「風太大了，明天早上再試吧。」

好吧，至少他曾和紐西蘭天地融合在一起，而且沒傷害任何生命，也是一償夙願了。

／

上路之後，第一次左駕的司機沒捉好距離，左側後照鏡擦過路邊停車，於是往前停靠。

被擦到的車什麼也沒說就走了，大概和我們一樣保全險吧，但我們的車要上路，竟然因為大雨泥濘，後輪滑入邊坡，差點跌入山谷。

這下怎麼辦？我們站在風雨中想法子，好多車子停下來詢問，其中一部願意載我和大廚好友返回市區。

「鎮上會有我們的租車公司嗎？」我問。

「我也不知道。」好友說：「這不就是最好練習的時候？」

是呀，這也是人間好時節。

果然，我們立刻找到專業拖車，一人駕駛，其他人上車增加前車重量，不一會兒就脫離險境了。

然後呢？繼續上路旅行呀。

因為這個奇遇，我們多認識了紐西蘭人的好心腸。大廚好友說，別再說台灣最美的風景是人了，差人家遠了。

而我還見識到我擁有多好的旅伴，大家各司其職地度過這一關，然後心上無傷地談笑風生，多棒啊。

／

今天換我坐上副駕駛座，令人著迷的公路就鋪展眼前。

我們來到的西海岸更是地廣人稀，一朵雲陰一朵雲晴，往往太陽還沒收成笑臉，雨滴就嘩啦啦來了。

於是，這裡的蕨美到如夢似幻，道路兩旁都是她們蹤影，一層又一層，綿密而繁複，像是探頭看著的精靈。

愛公路又愛蕨的我看得驚呼連連。我知道，路會一直持續，供我們人間遊蕩。

／

離開多雨西岸，我們轉進山區，向東岸前進。

這個舒適飯店座落山坳小溪邊，我們點了三明治和咖啡，坐在壁爐前烤火。一個標緻男孩送了咖啡過來，禮貌問著：「是華人嗎？」

他來自馬來西亞，很開心可以說家鄉話。後來聊了起來，才知道他畢業之後來度假打工，選擇了南島這個安靜所在；因為工作表現不錯吧，公司為他辦了工作簽證，他就這麼留著了。

「為什麼選擇紐西蘭？」我問。

「這裡沒有蛇，很安全。」

「有打算留下來拿身分嗎？」

「沒想那麼多，」他綻著笑靨。「我就這樣飄浮。」

或許他想說的是「漂泊」，但他確實來自飄浮世代——世界是一個沒有國界的村落，供有夢想的人飄浮與降落。

／

因為朋友的婚禮，來到一個沒想過會來的島嶼，發現這裡美不勝收——空氣中飄著金銀花香，叢林裡藏著美麗小屋，轉個彎就是海灘，還有向海的葡萄園。在島上最好的是健行，陽光和風都輕飄飄的。

今天要離開之前，我們散步去酒莊，途中一個男孩和弟弟跟我們招手，要我們去試吃蜂蜜。

「你們自己做的？」我問。

「我家做的。」哥哥說：「我們家就住這幢。」

我們買了蜂蜜，兩兄弟笑得好燦爛，弟弟急著把錢拿進口袋，哥哥紳士地鞠躬並揮手道別。

謝謝朋友引領我們來到這座島嶼，讓我的旅程多蒐集到一種純真的美麗。

／

離開奧克蘭，我們來到Waiheke，大廚好友找了一個向海公寓，座落在島上最繁華的街區。

清晨起來，和農夫去了超市，再回來做早餐——布里起司蛋餅、島嶼咖啡、香蕉、葡萄、馬芬和巧克力可頌。

我們坐在陽台上，聽著海浪拍打著岸。這是日常，我們常常一起吃早餐；也是非典型日常，因為來到異國他鄉。

兩個人在一起，到哪裡都剛剛好。

「明天早上我和一些朋友們要一起回到青島東路，一起為民法修正案表達屬於同志的聲音。請記得在紐西蘭，隔空幫我們加油喔！」

南半球清晨五點，收到朋友訊息，我們正準備去海邊看日出。

「一定！和你們在一起！」紙短情長。

然後，我們四人在 Waikuku 沙灘上等到金黃色陽光從海平面、雲層中升起，普照眾生。

會的，這世界會給每個人相同的愛，一如給每個人相同的光；那些雲霧終將退散，一如黑夜要躲藏。

「相挺為平權，全民撐同志」，我們在南半球，和大家行做伙。

二〇一七

東京—越後湯澤—凱恩斯—大洋路—格蘭坪—墨爾本

日本：家族旅行

「你快來東京找我，也許，我很快就會離開了。」去年秋天，朋友這樣告訴我。

喜歡村上春樹的她，為了讀懂原文，離開紐約、定居日本。沒想到，東京住了十年，竟然和紐約男人談了戀愛，考慮下一站該往哪裡停泊。

「你來，我們一起喝吟釀。」她說：「純米吟釀是日本料理的絕配，特別是米飯和海鮮。」

於是，我們在下著雨雪的東京重逢，買好餐食，一起回家晚餐。如今，她正為我做鰤魚涮涮鍋。

而去年秋天不知道的是，她的愛情穩定了，東京的工作卻出現了變化，如今的她站在十字路口，向左走、向右轉都是幸福人生。

／

這次來日本，是帶家人玩雪，他們明日抵達，我先和朋友吃吃喝喝。

「可能要買一台推車。」出發之前，弟弟跟我說。

為了大隊人馬好移動，我自告奮勇今天先去當馱獸。

但我沒有想到的是，一個男人推一台沒有嬰兒的車，原來這麼引人側目……

更沒想到的是，走出百貨公司，竟然下起大雪了，大概怕孩子冷吧？路人紛紛回頭，看到車上沒孩子，就更驚恐了……

好啦好啦，我來為推車穿上雨衣，這樣看不見的孩子就不會受寒了……

朋友聽到一個男人和一部空空推車的故事，整個人蹲在地上不可抑止地大笑。

然後，她帶著我來到她在東京最愛的義大利餐廳。一個小小街區裡的二樓，只有十六個位置，一個年輕廚師和一個女服務生，如此而已。

廚師每天清晨去築地市場買海鮮，再設計今日菜單，從麵包、主菜到甜點，都他一人包辦。我們合點三個前菜、一個義大利麵，廚師幫我們分成兩份，所有裝飾全不馬虎。

輕炸了白子，再微烤，然後放進大蛤蠣湯汁中，搭配青嫩蠶豆。白子的鮮軟加上蛤蠣的鮮甜，已經心悅誠服；湯喝了幾口，再將黃檸檬屑放進湯中，所有鮮美都站了起來。

而海膽義大利麵，竟然又是另一個層次的鮮美滋味，單純卻濃厚。

「今日下雪，為了感謝二位，我把海膽升級了。」廚師送菜上來時，輕聲說道。

朋友笑開了，她說這海膽幾乎加了一整盒呀！一點奶油，一些魚高湯，化了少許海膽做基底，拌入恰到好處的麵條，再用餘溫暖了堆如山的海膽。

酒足飯飽，廚師堅持送下樓，在黑夜中揮手道別。這樣的店，真是太令人愉悅了。

一回頭，他依然站著揮手。

／

Airbnb 改變了我對於旅店的期待，那更像一個異鄉的家，可以煮食，可以住遊。

為了讓家人體驗，我找了新宿左近的雙層獨幢物件，屋主是一對近乎神經質的父子，用純白妝點每個角落。

弟弟的孩子一到，馬上當成自己家，玩起躲貓貓；弟弟和我則去超市採買，晚上做了松阪牛壽喜燒。和家人一起旅行，像蝸牛揹著房子爬行；如今還到處煮食，真的天下為家了。

／

到日本泡祕湯，成了我們家族旅行的傳統——到一個下了雪的深山，泡一池數百年歷史的溫泉，這幾年告別積雪的離愁都被熨燙了。

這次來了雪國越後湯澤的貝掛溫泉，是日本唯一的洗眼睛溫泉鄉，絕景是露天池的雪燈籠。一入住，先去面見浴場。洗淨了身體，泡暖了心，走向大風呂，竟然恰好沒人，幸運地記錄下美景。日本最好的景，都是「青山依舊在，幾度夕陽紅」——人來了、人走了，山不動、樹不動、廟不動、佛不動。

如如不動，天地靜默。

／

這是我第二次造訪越後湯澤。

輕井澤星野，是我夢想清單清單上的一員。特別的是，其實我來過。上次來採訪，只停留一會兒，卻留下深刻印象。這回再來，雕欄玉砌仍猶在，從硬體到軟體還是恰恰剛好。

黝黑冥想溫泉，還有一天三回各式汽泡酒；Sou Sou 村民服裝，還有依山傍水小別莊。黃昏時候，湖上

露天風呂
貝掛温泉

小舟點水燈，像是人間煙火，又似蓬萊仙境。

行走在真實與虛幻之間，大概就是這個飯店最美好的模樣。

／

「帶著一歲和六歲的孩子一起旅行，住好飯店真的值得嗎？」行前我也有這樣的疑惑。在我們的社會裡，划算不划算、有沒有小便宜可貪，已然成為最高領導原則；我至今仍常常在想：怎麼用最少的預算，達成最高的完成度。

然而，每天回到飯店，兩個孩子仔細聆聽水晶缽、叮響和各種器樂的沉穩樂音，近乎著迷，就覺得一切都值得了。

那是「最不值錢」的附屬，卻是最神聖的音頻；那是整個宇宙的存在，在我們之內，卻被我們遺忘。而孩子們懂得。他們的松果體仍站立著，知道我們從哪裡來，要往哪裡去。

孩子都知道。

我想記住這一刻，在我能力所及，和他們一起遊歷，而他們終將教會我，懂得這世界。

／

當我說：「不喜歡東京。」那是因為我不著迷城市，反而喜歡鄉間。

所以二十年往來日本數十回，進出東京次數寥寥無幾；若不是想見長居此城的好友，這次也不會多做停留。

今天和相識二十年的好友見面，他選了銀座帶我領略潮流東京。我忽然興起行走念頭，從新宿一路步行到銀座。

星期日早上，七公里、一點五小時路程，反而讓我看見不一樣的東京——褪下觀光客和華美衣裳，小小街道、小小房舍、大大綠地公園、大大公共建築，繁榮的起點其實就是宜人居住罷了。

我還是不著迷於東京，但有好友居住的地方，永遠強過其他陌生的所在。

／

旅途中、退房前，都會回頭在心底感謝這些收留我的房子。

「多謝照顧。」

我是很需要穴居的靈長類，是它們為我擋風遮雨，給一個異地居所。

東京入住的，是一對朋友的家，他們經營Airbnb，地點就在新宿便捷的所在，櫃子裡有各樣藥品，走路三分鐘有二十四小時超市。

為了照顧我，他們在台灣關注我的旅程，適時提供我所需要的，跨海的無微不至。而我知道，那不是因為我們的交情，而是他們就是這樣的人，才能把房東的角色扮演得那麼好。

謝謝旅途中的貴人們，你們讓我確信了，四海一家，然後願意走得更遠更長。

澳洲：宇宙到處都是訊息

清晨抵達凱恩斯，農夫期待的第一個行程是出海釣魚。

去年去紐西蘭，特別買了釣魚證讓他釣魚，結果水太清、餌太假，沒有一尾魚受騙。訂好澳州機票，我上網找行程，恰好找到一個釣魚加捕蟹的船，或許可以彌補農夫在紐西蘭的創傷。於是，在飛機上沒睡好的我們吞了暈船藥就上船，沒想到，船被我們二人包了，沒有其他遊客。

「靠你了，」我跟農夫說：「你知道我沒辦法……」

船東木訥寡言，整條船只有我們的聲音……或說，我的聲音。

實在是因為，我此生只釣過一次魚，今次上船，全為了陪公子啊。

而莫非定律就是，第一條魚我釣的，名貴的石斑也是我釣的……

再來，農夫手氣超旺，一連釣起十餘尾，太小的擺回去，還有四尾大魚等我們帶回家。

幸好，早預訂了公寓房，今晚就是氣泡酒海鮮餐了。

／

我挺喜歡澳洲人，他們的笑容在西方世界堪稱最真實，無論心情如何，都用陽光詮釋。凱恩斯市區沒有沙灘，公家就造了向海的美池，撒了白沙、種了草皮，著實是成功的地景。出海之前，先去曬太陽，人們袒胸露背，還在樹下閱讀。這些閒適在東方世界很罕見，享樂大概等同蹉跎吧。然而，不懂得享受生活，又怎麼享受工作呢？

／

這次旅行的啟始，是春天時節一則新聞——大堡礁復育失敗，兩年內可能全部白化……我們便開始計畫來大堡礁，讓喜歡大自然的農夫可以親眼目睹這個即將消失的奇景。大堡礁和熱帶雨林，是凱恩斯附近兩個世界遺產，一個向海、一個向山。來凱恩斯的遊客很忙，好多團可以選擇，所以此城被稱為「冒險之都」。我們挑了「Down Under Dive」這家船公司，應該算CP值超高的選擇，除了無限制浮潛，還有二十分鐘深潛體驗以及十分鐘直升機眺望。

潛水是細看魚族和珊瑚，直升機則可以一窺這個號稱世界最大有機體的規模，加上陽光正好，海水被照得透亮，映出深深淺淺的藍。

公子滿意極了，還雪了另一個恥——十數年前我們同遊關島，他想深潛，卻因為耳壓疼到無法通過測試池的練習，我卻優游自在地到池底撿高麗菜……

不過，這次再來大堡礁，珊瑚真的白化得更厲害了，許多拔地而起、幾層樓高的珊瑚都毀盡了……地球上若可以少了人類，應該會更平和。

／

凱恩斯第三天，公子欽點：騎馬渡河。

看完安全須知，馬場替我們配好對，農夫的馬叫「Faith」，信賴族群和人類，而且活潑好動；我的馬叫「Poca」，愛說話、愛走自己的路，是廸士尼動畫《風中奇緣》裡的印第安公主……

宇宙到處都是訊息，要說什麼人騎什麼馬嗎？

策馬走進地球最原始的熱帶雨林，然後渡了一小段河流，教練問：「誰是第二階？」

是的，為了讓愛馬的農夫多體驗，我寫了我們是第二階騎馬者，有騎馬經驗，並想多嘗試。於是我們出列，和教練一起讓馬跑起來……

農夫完全沒問題，御風而行，我則一直咯咯笑——因為，有著蛋蛋的哀愁……

／

凱恩斯第四天，天公落水，替我們決定了行程，泛舟。反正都要溼了，就溼到底吧。我們挑選半日行程，據說是老少咸宜的初階體驗。

到了目的地，我們拍照，然後著裝上船。大概因為看起來身強體健吧，被安排在第一艘，還有兩個教練隨船。

船一下水，發現主事的年輕教練正在受訓，每說完一段話就用眼神徵求總教練的認同。然後，相安無事划過第一段航程。

再來就是最刺激的中段，年輕教練被斥責幾次，或是指令不清，或是技巧不純熟，加上大雨水漲，我們幾次有驚無險，也挺快樂的。

就在航程最高潮湍急處，啊哈，我們觸礁卡在兩層樓高。我坐在右側最後面，恰好居高臨下；農夫和前面猛男半身在河裡，急水沖刷他們，漫進船裡，有幾分鐵達尼號的景況。兩位教練跳水尋求解法，前面船隻上的人看我們好生害怕。

而我一直笑、一直笑，熱帶雨林山谷中迴蕩著我的笑聲。

這讓泛舟變得有趣極了，農夫和猛男替我們擋住急流，農夫泳褲還被沖破，露出半邊屁股，我則像是泡在瀑布下玩水；而且，穿著救生衣，頂多就下河漂流吧，沒什麼好怕的。

年輕教練站在岩石上，一直咬著指甲，像犯錯的孩子不知所措。總教練命令最前面二位跳入水中，再設繩拖引，困了二十分鐘的我們終於自由了。

「我聽你一直笑，好希望我也在船上。」前船一位印度媽媽跟我說。

「真的很好玩！」我說。

驚喜還沒結束，總教練負責指揮，下一個急流處，又從我這側觸礁翻覆了。我們三人落水，在船上的農夫機警拉住了我，前兩個恰好又是前次跳水的二位，漂流去下游了。

「我們應該選錯船了。」他們二位開玩笑說。

而其實，我們沒得選擇不是？所以，在水裡、在船上，我依然一直笑，湍流比平順有趣多了。

人生也一樣，記得一直笑。

／

前回造訪墨爾本，錯過了大洋路，今次要一償夙願。

租了露營車，即使飛機延遲了，依然要上路。看過 Geelong 碼頭木樁，還有 Koala Cove Cafe 旁的鸚鵡和無尾熊，今晚夜宿 Apollo Bay Big 4 露營地。

趕路時候，看著海上飄著仙山，煙霧裊繞；末了才知道，我們往仙山去，那便是人間。

晚上好黑，一如初夜。

／

大洋路的地景，已然鬼斧神工，而自在的野生動物更令人著迷。

成群結隊的鸚鵡、揹著寶寶的無尾熊、拳擊選手的袋鼠……我們在尤加利樹林裡尋找他們身影，成了大洋路獨有的體驗。

BRADY

澳洲很粗獷，這片地廣人稀的大地給出了空間，讓動物們自在長成。行走其間，連人也自然多了。

／

大洋路看遍了海，北上格蘭坪國家公園看山。
這裡以奇石取勝，而且步道也很原始，外國遊客少，大多是本國人。
我們清早和鸚鵡一起起床，然後開車去健行，沿途看到年輕孩子被老師領著攀岩。
「在台灣，家長一定告這老師吧？」心裡想著。
一方水土一方人，而我們的孩子，就這樣遠離了自然。

／

來到一對朋友的家。
牛牽到北京還是牛，農夫移到南半球，還是農夫。
早上起床，吃過早餐，農夫和她們一起整理庭園，鏟地做畦，種樹移蔥。
過另一種生活是旅行，過原來的生活也是旅行。我們的旅程都是日常，也期望我們的日常都是旅程。
潛過水、騎過馬、泛過舟、看過鸚鵡、種過花草，以為再來的旅程會趨向我一些。
其實不然。朋友邀約農夫打羽球，我們就這樣潛進了當地女同志社團練習裡。
幫農夫捉了可以打球的衣服，送他上場，我則牛仔褲、長風衣，好整以暇坐在球場邊……

／

Nancy 和 Rachel 是一對移民到墨爾本的同志戀人。
Nancy 是老朋友，個頭小小，吱吱喳喳，是我們一群人的小妹妹；她熱愛甜食，我倆曾聯手吃空一家高檔法國餐廳的點心房。

後來剛搬到鄉下的家，她帶 Rachel 給我們認識，乾乾淨淨的孩子，純真而穩定。

去年 Brownie 離去，我在葡萄牙波多小房間裡痛哭，Nancy 的訊息安撫了我，也才知道，她們去了南半球。

她們去要一個名分。是的，許多愛到不能愛的伴侶期待給彼此一個法律上的保障，當台灣這座島嶼腳步太慢，有機緣的人便選擇了遠行。

而她們還有更多的期待，一個自己的孩子。在墨爾本知道這件事，好生訝異——一直把 Nancy 當小女孩，怎麼要當媽媽了？

她們在墨爾本買了一幢小屋，小院子、兩層樓，白淨整潔，一如她們的愛情。

「來了就打消生孩子的念頭了，還是養貓好了。」Nancy 說。

她們家成了棄養貓的中途之家，承受得起那些來來去去，我對這個小妹妹更另眼看待了。

而 Nancy 能耐不僅於此。時值澳洲婚姻平權公投，將從承認同性伴侶跨進同性婚姻，最大中文報立場偏頗，以頭版刊登反對方全文，Nancy 登高一呼，讓主流白人文化的同志運動注意到華人族群。

於是，共遊幾天裡，Nancy 電話不斷、熬夜討論，台灣經驗成了借鏡，我成了她的小助手，榮幸地參了一腳。

是啊，我們的小妹妹長大了，成了發光發熱的女人。與其說她們搬家，不如說她們去開枝散葉——把愛散播出去，給同類、給動物、給更多生靈。

那一刻，我窺見了宇宙的安排，點線相連、經緯交織，蝴蝶拍了拍翅膀，全世界花都開了。

離開墨爾本那天，Nancy特別來陪我們去皇家植物園散步，我們仨走著走著，忽地天長地久了。

／

每趟旅行，都有刻意經營的排程，而往往最貼心的，是那些不曾預期。

那天要開露營車進墨爾本，住進朋友家；時間尚早，她們還在上班，便找了一片湖水安憩。

湖水兩岸，大樹和小花相映，黑天鵝和小水鴨共游，現世安穩。

最想要的旅程，都是和他在一起，如今安坐湖畔，歲月靜好。

那片湖水，映在心底。

／

還了露營車，搬進墨爾本市區，挑了一個四十二樓的公寓，可以眺望兩百七十度市景。因為房子太美，拚命邀朋友來做客。今晚招待好學姊，平時在台灣一南一北，反而在南半球相遇了。

Jane是我大學學姊。初初相識，我們是兩個不同世界的人，她覺得我任性，我覺得她傳統。時間漸漸走，交情漸漸不同，在某個際遇轉彎處，才發現彼此都是仗義直言的人——話語或許不好聽，但心是溫熱的。

後來每回南下，她的書房就是我的房間。她的藏書沒有幾位作者，而每位都是從一而終地支持著。

我們一起下廚、一起喝酒，像是另一種家族的聚首。

而她也豢養了我們家生的小鸚鵡，寶貝一樣對待著，任他家裡飛來飛去，撒嬌撒野。每回看她貼鳥寶照片都好感恩，感恩有人珍重生命、細心呵護。

出發之前，看到她貼了換鈔照片，才知道又是同路人，約好一起吃飯喝酒，和在家裡一樣。

41

昨晚說了再見，約好今天才相會。只是她的行程有了改變，又惦著要把沒用完的網卡留給我。

「來個尋寶遊戲吧。」我建議。「妳藏在公園某處，我們去拿。」

Jane 蕙質又蘭心，選擇了庫克小屋的郵筒，藏在花圃裡。等我們走進公園，她的車已然遠行。循著線索，開心地找到她的贈禮。

庫克船長是第一個踏上澳洲的歐洲人，這幢小屋是他父母的家，一磚一瓦從英國移到這裡。Jane 挑了小屋，隱喻了我們交情從故鄉開始，至無遠弗屆——有她在的地方，就有我的容身之所，反之亦然。

其實啊，我們真是相像，任性又傳統，二十年沒改變。

／

此行澳洲，恰好遇上婚姻平權意向投票，墨爾本也是激戰區，贊成與反對的廣告舉城沸騰。四處洋溢著彩虹，大大小小店家用各種旗幟標語，說：「Yes!」

於是，我們沿途也用鈔票投票，支持這些店家；而且這些支持的大小企業，正是我們喜愛的——公平貿易、友善環境、為弱勢發聲。

至於反對方也做看板，也和台灣一樣，呼籲「要為孩子投下反對票」。

我不解的是：什麼是「為孩子」？這個論述充滿漏洞——

首先，他們認為「孩子都是異性戀」、「同性戀是後天學習的」，這充滿偏見與歧視，而且沒有知識。再者，他們把孩子視為大人的一部分，而不是個體，當然只看見他們想看見的，沒看見真實。最後，他們甚至不敢代表自己，只敢假別人之名表達意見，那算什麼民主？

為了孩子、為了自己，Vote YES! Vote LOVE!

二〇一八

金澤—河口湖—山中湖—熱海—伊豆—築地市場

日本：遇雨

清晨金澤，武家老牆，靜甯一如朝聖之路。
呼著冷空氣，出發去取車，開始在日本自駕旅行。
連續三年在左行國家開車，用另一種速度旅行，如同用另一個姿勢游泳，習慣了也可以自在呼吸。

／

自駕遇雨，入住河口湖旅店，一抬頭，他貼進風景裡。
一個人時候，嚮往兩個人行走；兩個人時候，覺得一個人自由。
旅行和關係，都是這樣的。
那就別欣羨平行宇宙的自己，那是另一段人生，不是你的選擇。
你只有當下，沒有他方。
旅行和關係，都是這樣的。

／

今天都在雲霧裡。

河口湖、山中湖、熱海，連天飯店、懸崖建築，都是日本泡沫經濟的產物。如今泡沫吹破了，面色凝重，只能挺直腰桿，希望蹇途只是一時。

而誰給得出答案？

青春是人生的泡沫經濟，連珠肥皂泡泡也似的絢麗，陽光下光彩奪目，風一吹就沒了蹤影。

長大以後要堅強，雲霧裡走出自己的路，飯店可以毀棄、建築可以改裝，面色不一定凝重，腰桿不一定要挺直……

但要永遠懷抱希望。

／

來到伊豆，在漁港間串門子。

漁夫不是容易的工作——夜半啟程，破曉返航，喊價拍賣，大盤小販。等人們來到漁市場，他們的一天已然結束了。

清晨小漁港裡，漁夫們繞著熊熊火焰，暖暖身子，聊聊閒話。他們和彼此在一起的時間多過於家人吧？那便是海口男兒的交情。

而哪一個工作者不是上班多過於家庭生活？

要慎選職業，那便是你此生的成就。

／

因為築地市場即將搬遷，而有這次旅程，但萬萬沒想到，鮪魚拍賣會的每日限定名額，是如此火熱。

清晨三點開放報名，第一梯次立即額滿；清晨四點半，第二梯次也滿員。

再來就是香港媒體所說的「難民式通宵等待」——一百二十人擠在一個教室大小的空間，或坐或臥或站地自求多福，等到見學開始，日本大叔教官也似地大聲疾呼，不留情面，和平常日本人表現出來的謙和大相逕庭。

「這也是一種職人精神吧。」只能這樣安慰自己，畢竟太久沒被呼來喚去了。

見學者九成以上西方人，除了我一張臭臉，其他人不以為意，他們大概都是西點軍校畢業的吧？

一個梯次見學時間只有二十分鐘，上百條零下六十度冷凍鮪魚鋪展眼前，其實……挺怵目驚心的。

旅行的人張開眼睛看世界，喜歡的不喜歡的都是人生。而這樣的難民，體驗一次便足夠了。

／

日本行程結束在合羽橋道具街，天氣很好，晴空塔像飄浮在世界的盡頭。

這是一次很累的旅途，累到生病的那種——行程第四天就開始感冒，咳到腹肌都跑出來了。加上夜衝築地市場，從頭溼到腳，每天都有一種厭世感如影隨行。

但是，誰規定旅行就一定要開心？那只是旅人的期待值罷了。

那就帶著日本的感冒、日本的厭世回家吧。那更讓人期待，下一回旅行的盒子打開，裡面會藏著怎樣的驚喜？

二〇一九

蘇黎世—慕尼黑—國王湖—瑞士—黑森林—柏林—慕尼黑—阿拉斯加—西雅圖

歐陸：世界是個舞台

德國從來不在我旅遊清單中，從來不是。

我想，做些過去沒想過的事，也是獲得勇氣的一種方式。有趣的是，決定飛慕尼黑時，妹妹一家恰好租了個靠近市區的房子；等我要起飛了，他們剛好飛回台灣。

命運交纏，於是我在慕尼黑有了一個家。主人不在，但冰箱是滿的，處處有鮮花，屋裡還有妹妹手寫各種提醒，一如錦囊，打開一只，滿滿的愛。

這樣的房子，讓我不想出門了，鋪好瑜伽墊、煮了咖啡，先和自己在一起吧。

甫離開機場要進市區，還在搞定買票機語言系統，隔壁一對年輕情侶問我要去哪裡？就把我夾帶上車了。

原來德國有種團體票，二人至五人同價錢，我們在車上聊了起來。

幾年前，他們雙雙辭去了工作，騎上腳踏車開始在歐洲旅行，然後把車賣了，坐船去俄羅斯，再一路南下進亞洲，耗時一年半繞一圈回歐洲，當然也去了台灣。

「剛下飛機，一到機場，就被環境感染，節奏快了起來，」女孩說：「我告訴他，要慢下來，像一直在旅途上。」他們剛剛結束中東與印度的旅程，再次動念要辭去工作、放下一切去旅行。

我們相視而笑，對，要一直在路上啊。

／

我熱愛市集，人間煙火、磨刀霍霍；尤其歐洲市集，有種不見血的俐落，生肉熟食比鄰而居不相互招惹，反而覺得食材新鮮、用料講究。

所以，慕尼黑第一站必然是穀物市場。

這市場歷史悠久，園區中間就是露天桌椅，人們買了食物，一定還要買啤酒，然後天寬地闊，暢快享用。

一進市場我先買了個燒肉包邊走邊吃。德國人真會料理豬，瘦肉軟嫩、油走皮脆，而且沒有其他歐洲國家易有的羶。

這個市場很驚人，一個烤豬腳只要五歐，買了芝麻葉、雞油菇當配菜，再搭配一支Pino Nior，還有杏桃做飯後水果，決定回家吃更愉快。

一般料理菇是不洗的，水會帶走香氣，但雞油菇不行，細砂太多，得先用細水沖洗；再入鍋煸去水分，然後下橄欖油煨炒，等鍋中油都杏黃、菇軟小了，便可以起鍋。

德國人重鹹，豬腳就彷彿打翻鹽罐，雞油菇便不下鹽不下奶油，做好配角本分。果不其然，吃著吃著，都在吃菇了。此菇細軟中彈牙而凝香，豬腳便粗鄙了。

末了一想，哎呀，雞油菇比烤豬腳貴多了！

／

弟弟談戀愛時，帶著從前女友、現在妻子同遊德國，從此回味無窮。今天便搭了長長火車，來看他口中的漂亮湖泊——國王湖。

冬天是國王湖淡季，星期天商店沒開幾間，更顯清冷。搭上船，湖水清澈透明，環繞的石頭山橫空長出一棵棵樹，山和樹覆上了白雪，映照湖面，仙氣飄飄。

此湖懸在德國最南端，更靠近奧地利，說是有位國王喜愛，硬是買下的。這樣也好，買下人間仙境供人遊歷，好過於買了鑽石鑲在權力皇冠上，或是撕了綢緞只為妃子笑。

／

早上搭了 Flixbus 離開慕尼黑，經過奧地利，抵達瑞士，為了此行第一個重頭戲。我來探望蘇格拉底和他的妻子。這是我朝聖之路的守護天使，三年來我們保持聯繫，然後有了這次的重逢。

蘇格拉底瘦了，留了長一些的鬈髮，更像蘇格拉底了。我第一次見到他的妻子，卻從第一眼開始，便深受吸引。

她是一位舞動指導師，會從心裡感覺班上所有人的需求，給出適切動作。她是天主教徒，卻在家裡擺了佛陀，因為佛給她自由與寧靜。她說她恐懼死亡，還在努力陪伴自己找到光。

「你有想去哪裡走走嗎？」蘇格拉底問我。

「哪裡都好，跟你們在一起就好。」

「對，你來之前，我的感覺就是這樣——你帶著愛來，並且不拘泥要做什麼。」他的妻子竟然這樣告訴我。

那是神奇的一刻，我們看著彼此眼眶泛紅、心輪敞開，給了彼此好深好動人的擁抱。
傍晚時分，蘇格拉底帶我去散步，我跟他說，你有個特別的妻子。
「對，她一直這樣獨一無二，我很幸運。」
忽然之間，雪落下了，我們傍身走在一起，一如三年前的朝聖之路。
晚餐之後，我加入他們每日靜坐，眼一閉、缽一擊，我彷佛已在他們公寓住上好久了。
臨睡前，想好好記錄這樣的相會，但文字太淺而悸動太深，我甚至想不起來，那麼深刻的對話是如何用英文交談的？
什麼都沒說，便已然交流了。

／

飛出門前，蘇格拉底來信，說他正在學煮菜，樂意一起做台灣菜餚。
於是，我做了一桌菜——紅燒牛肉麵、宮保雞丁、麻婆豆腐。
當然，只有牛肉麵台灣專屬，可沒幾個配菜也上不了檯面。
老人家喜歡少油多菜，加上不是所有食材都恰恰剛好。但一個早上一邊備菜、一邊看著蘇格拉底自製的朝聖之路相本書，著實好特別的異國經驗。
上桌之後，蘇格拉底和妻子給足了我面子，全部吃光光，還說要我去亞洲超市幫他們選醬料，讓他們做給女兒、孫子吃。
為了感謝他們捧場，晚上決定來做滷白菜和回鍋肉好好回報。
至於怎麼做到這些菜嘛……要感謝農夫大過年幫我找到的醬料包，我還加碼帶了好醬油、麵條和滷包。

國際外交上，咱們台灣人輸人不輸陣，你說是不是呀？

／

蘇格拉底住在德瑞邊界一個名喚 St. Gallen 的小鎮。小小縱谷裡，竟然有個全世界最美圖書館之一，其內還收藏了一尊木乃伊女孩。

但怎樣美麗的景致，在我心中都不及這一幕。

蘇格拉底領著我，走上小鎮裡指向聖地牙哥的朝聖之路。三年前，他便從這裡走去世界的盡頭。熟悉的貝殼標誌，我們一人站一邊。三年前，怎麼也沒想到會有這樣一個人出現，也不會想到會有重逢的這一天。

這條路確實改變了我，一點一滴，潛移默化——爬行的毛毛蟲，怎麼相信以後會長出翅膀飛行？人生是這樣的，只能放膽往前走，然後靜待一切的發生。

／

蘇格拉底今天帶我上山。我們先送他妻子去朋友家，約好晚餐家裡相見。

等我們看過了雪山、用完了午餐，我問蘇格拉底：為什麼我們不去接他妻子一起回家呢？

就這樣，我為自己做了選擇，走進人生另一個奇妙時刻。

我們去了朋友家。這是一對從事音樂治療 Take Tina 的夫妻，他們熱情接待我。

忽然間，他們開始用剛果弦琴為我演奏音樂，那簡單的琴聲直直進入人心。

然後，我們就一起站起來跳起了舞，並加入了不同的樂器演奏。

這是一種音樂冥想，三拍為主的奇數節奏，鼓聲和腳步替我們扎根，吟唱是另一條支線，再加上輕聲擊掌，下、中、上的手忙腳亂讓你專注自己之內，放掉頭腦，用身體去律動，心無雜念，療癒翩然到來。

晚餐時候，和蘇格拉底夫妻聊起這樣的一天。

「那是因為你夠把心打開，」妻子說：「否則，他們不會拿出樂器，更不會一起Take Tina。」

Wow，這一切不在期待之中，自自然然降臨了。謝謝宇宙，永遠為我的生命帶來驚喜。

／

「二月不是來瑞士的最好季節。」出發前，蘇格拉底這樣說：「比較冷，還容易下雪。」

「沒關係，台灣沒有雪，我想去看雪。」我說。

於是，他安排了上山，搭纜車，在旅轉餐廳午餐。

可最美的是移動之間，車窗外每一幕都是電影。

「對我來說，這景象好聖誕節。」我說。

「因為藍天，還有白雪。」他笑著說。

是啊，我們就在明信片裡面。

／

再次告別蘇格拉底，沒有不捨，彷彿日常；從此見或不見，都是緣分。

在他們公寓裡，我們一起做飯，一起聊天；我常常忘了他們已然七十歲，實在太不像台灣父執輩。

我們聊政治（台灣如何保有民主自由）、生死（他們正在簽署邁向死亡意願書）、信仰（如何在二元中體會合一與虛空）、婚姻（他們相愛了不折不扣一輩子）……

最後一次靜坐冥想之後，蘇格拉底妻子和我分享她的感受。

「和你一起，跟平常很不相同，更穩定，更平和，」她說：「我感覺你像一道火，我們也被點燃了。」

若真如此，我的萬幸。

蘇格拉底水瓶座，他把自由用在工作；妻子巨蟹座，她用固執守護家庭。而在關係裡，他固執、她自由，互補而融合。每一回，他們對看的眼神依然閃著火光，親吻的雙唇依然戀戀不捨。

而他們教我的不僅於此，還讓我明白看見——

此生停止學習、停止創造的那一天，才會開始老。

／

蘇黎世湖，如夢幻泡影。

我的瑜伽老師長年飛往這裡教課，讓我興起住一晚的念頭；加上弟弟全力支持，給了一晚飯店，便在車站邊住了下來。

瑞士是個令人羨慕的國度，幾世紀的武裝中立、先進的社會福利和安樂死制度，走在全世界的先鋒。

不過這一回再來尋訪，才比較明瞭，所有稱羨都只是局外人看熱鬧罷了。

蘇格拉底的父親在他滿二十歲前幾個月過世，他得提出申請，才能自己監護自己。

「媽媽不能擔任監護人嗎？」我問。

「這是一個好問題，」蘇格拉底告訴我：「在那時候，女人不被允許承擔這樣的事。」

不過五十年前的事，瑞士的性別意識竟然覺醒得這樣晚。

「直到今天，瑞士依然有男女同工不同酬的議題。」蘇格拉底說。

很好，全世界都是一樣的，男人以為自己擁有一切，卻不知道這是女人給出的溫柔、包容和自由。

／

我喜歡那些交通工具裡的時光。

In between，過去與未來之間，呼與吸之間，百無聊賴又意義深遠。

過去沒有去，未來不會來，你只在這一刻，存在。

／

一個人旅行，加上不擅自拍，往往只記錄風景而不記錄自己。

難得遇到另一個旅人，用我的手機拍下我，還懂得用閃光燈把人像打亮了。

這就是我旅行中的樣子——農夫的夾克，媽媽的帽子，還有蘇黎世老城和湖泊的擁抱。

等等就要離開城市，往森林走去了。

／

想到森林裡散步，就來到了大野狼和小紅帽的家，黑森林。開始健行才發現，原來自己走在德國通往聖地牙哥大教堂的朝聖之路上。

於是，腳下每一步更殊勝了。

早上在山裡走了八公里，參天大樹和腳下白雪，步行的人不多，森林的風靜靜說著悄悄話。

只是，天氣大好，雪融成薄冰，滑倒成為自己和自己的遊戲。反正站了那麼久，偶爾倒坐下來也挺有趣的。

一邊走，一邊看向森林裡面，想著影響我至深的《阿拉斯加之死》——那樣一個人走向孤絕其實不是放棄，只是臣服而已。

／

Staufen，黑森林南部小鎮，也是歌德筆下浮士德出賣靈魂給魔鬼的文學場景——獅子旅館，至今依然營業中。

我對魔鬼沒興趣，對葡萄酒則興味昂然。黑森林南方是德國葡萄酒產區，Staufen 更是其中重鎮；小鎮外便有綿延葡萄園，還重重包圍了山頂古城。

地酒好便宜，十歐就可以買到一瓶不錯的 Riesling。我往古城走去，恰好遇到一位農民正在為葡萄藤剪枝，好美的勞動景象。

只是說到地酒搭配地產，德國葡萄酒有幾分無用武之地，太多油膩大肉、太少清爽味型，難怪滿街義大利餐廳，才好讓餐和酒結合在一起。

／

除了健行，黑森林最美的還有四處散落的小鎮，各有各的樣貌。Gengenbach，是其中一個，散發傳統老氣息。

德國人的週日，是不開店做生意的，讓這個小鎮更寧靜安詳。彷彿剛剛醒過來，還在想著：什麼是夢？什麼是真實？

／

這次旅行很懶散，訂了住宿便開始移動，沒有具體要去哪裡。這和從前剛開始旅行的我天差地遠，但這樣也很好。

因為沒做功課，交通不一定接得上、景點不一定看得到，卻也多了許多驚喜。

比如說，今天就遇上黑森林一年一度的面具嘉年華。

火車上，扮裝的人幾乎擠爆車廂，他們身上別著各種鈴鐺，車子一動，所有人都叮叮噹噹。

小孩畫老妝，青少年扮動物，成年人則不分性別穿上花花裙或褲裝，木頭面具一戴，宛如鬼怪。

從前復活節之前，天主教信徒要齋戒，嘉年華就是齋戒之前狂歡與解放，然後才重新做人，正正當當。

每年嘉年華輪流各城鎮舉辦，今年輪到 Offenburg，全鎮封街遊行，黑森林的大人小孩都來同樂了。

旅行順著流走到了這裡，也提醒自己人生要學習放手——會往哪裡去，都是因緣所生，強求不得。

／

面具嘉年華結束之前，就先跳上火車離開了。一個人旅行，總想在黃昏前回到住所，一如倦鳥歸巢。

只是，我倚賴的 Google Maps 彷彿也去狂歡了，轉車時定位不到我，一直給我繞遠路的選項。只好硬著頭皮、憑著記憶轉車，卻怎麼也找不到公車站牌。

「請問你知道 719 公車要在哪裡等嗎？」我問了一位中東男人。

「在第一個站牌，但你要一小時前打電話叫車，因為今天星期日。」他說：「否則車子不會來。」

那一刻，開始焦慮起來，Google Maps 瘋了，夜要來了，我又迷路了。

無法可施，只能再相信 Google Maps 一次，去繞遠路了。

走回火車站，在月台上等著，我問問自己：迷路又怎樣？不過就是晚歸罷了，又沒人等門，沒啥要緊

Spezialitätenrestaurant Pfeffermühle

的啦。

下一秒，中東男人拍了拍我肩膀。

「對不起，我錯了。」他說：「我查了網路，今天有車，不需要預約，所以我走來找你。」

「你確定嗎？」

「是，我的車還要很久才來，我會在旁邊等。」他說：「公車要是真的沒來，你來找我，我們再想辦法。」

我在這站牌，他在那站牌，相距三十公尺；他不時走出來遙望我，那身影，著實安撫了我。

公車真的來了，他還站在那裡，我來不及跑去感謝他，只能揮揮手，從心中祝福他。

萬人叢中一握手，使我衣袖三年香。好感謝那些旅途上給我協助、予我溫暖的人。

／

Baden-Baden 是黑森林小鎮裡的貴族，擁有羅馬時代留下來的溫泉浴場，還有滿街富人們需要的精品名牌。

抵達之前，我以為我會喜歡其他小鎮勝過這裡——畢竟它們質地純樸、曖曖內含光，才是我的菜。

沒想到，才抵達 Baden-Baden，便喜歡上這裡。大草原和小河流淌，老建築和大品牌交融，資本主義的簡單明瞭在此處表露無遺，要怎麼收穫，先怎麼栽。

然後，是弟弟招待的飯店。那間單人房有一半窗戶被地勢遮住了，四星級飯店，我請求他們換房，旅途中更需要陽光明亮。

沒有期待的，他們換了閣樓雙人房給我，還帶一個大浴缸。

「你有自己的溫泉，比那些老池子都好。」前檯經理眨眨眼睛這樣說。

再來，是超過兩千年、男女混浴的 Friedrichsbad 羅馬浴場。人間幾度夕陽紅，此處依然能量飽滿；我甚至可以想像，宙斯沐浴在這個浴池裡面。

離開浴場，圓滿月娘恰恰掛上天頂，萬事美好。

不可否認，隨著年齡增長，一部分的我確實愈來愈布爾喬亞——不是為了階級，而是想踮起腳尖看一看，人世間的享樂和視野，可以極盡到什麼模樣？

／

火車快飛，抵達柏林，約了環遊世界的朋友在此城相會。

她出發之前，特別到鄉下找農夫和我。

「這次要去多久？」我問。

「五年吧。」她說。

「那我們約柏林見面好不好？」我邀約著：「我去替妳煮飯。」

一年後，有了這樣的我們。

我找了陽光滿室的公寓，烤箱、咖啡機、酒杯一應俱全，還有地暖溫著腳。

一如預期，我們喜歡窩在家裡，偶爾出門。昨晚快速為她做了晚餐，搭了黑森林的氣泡酒；早上去了查理檢查哨，又回來煮午餐。

世界是個舞台，提供場景，讓人們相遇連結。願我們都見到想見的人，和喜歡的人在一起。

／

也不是沒想過，靠賣藝來環遊世界，但總以為會是教瑜伽或靠寫字吧。
沒想到，現在是靠做菜來旅行。一程程，一站站，窩在廚房用他方食材烹調自己生活。
柏林，精心挑選的公寓，為環遊世界的朋友煮家鄉味，被她記錄下來了。
人生啊，總在想不到的地方看到新風景，這是一種溫柔和慈悲。

／

朋友喜歡溏心蛋。
每天早上起來，先煮一鍋水，沸騰時撒些鹽，再小心地把蛋放進去。時不時攪動一下水，好讓蛋黃凝在中央。計時六分鐘，把蛋撈起來，放進蛋碗裡，就可以一起吃早餐。
出門或在家，都要顧好胃；除了飽食，胃還懂得感受，比大腦更奔放自由。
今天，你聽見胃的私語了嗎？

／

柏林圍牆，著名《兄弟之吻》壁畫前，兩個女孩也親吻彼此。
我不知道她們是不是戀人，她們輕聲請朋友幫忙拍照，然後走到定位，嘴對上了嘴。
人群繼續熙來攘往，她們閉上眼睛，或許揣摩畫中人，或許勇敢做自己。陽光燦燦，輕風徐徐，誰又有什麼資格說什麼呢？
相愛是運氣，也是福氣；然後恰好對方是同性，或是異性，如此而已。台灣同志快要有婚姻制度保障彼此，這是島嶼所有人的幸福。

／

ЭТОЙ СМЕРТНОЙ
GOTT, HILF MIR, DIESE TÖDLICHE

一個人從哈克市場走到博物館島。

哈克市場是塗鴉大本營，刻意的密集汙穢像是次文化向主流的宣言——我沒有要長大、我沒有要像你、我就是我自己。

再走過一個駐車場，大片草地傍著河流，大教堂對比電視塔，街頭藝人唱給坐臥草地上的人們聽，陽光明媚，堂堂正正。不知道為什麼，被這一幕深深打動，久久不能自己。

可能是天氣劇烈變化，可能是重新拾回集體意識；可能還想再流浪，可能太想回到如常。這些都正在經驗，也正在穿越。

大部分的我是大教堂，陽光明媚，堂堂正正。可某部分的我是哈克市場，我沒有要長大、我沒有要像你、我就是我自己。

／

到柏林該吃什麼？大家都說：「咖哩香腸」。

於是，我來到 Curry36 創始店。

這香腸其實是熱狗，有帶腸衣和不帶兩種；在重油裡煎熟，然後切了、撒咖哩粉，疊上薯條，重重鋪上番茄醬和美乃滋，便完成了。

至於味道如何嘛……老闆，可以換兩根高粱香腸給我嗎？

／

柏林是歐洲最風行跳蚤市場的城市，每週六日集市之密集，更勝台北夜市。

我熱愛這樣的集市，兩天逛了四個跳蚤市場；雖說賣的東西大同小異，但確實各有各的氣質。

Rathaus Schöneberg 很接地，大堆大堆二手衣物散落桌上，恍如車庫拍賣，有緣人就會找到合腳的那雙鞋。

Marheinekeplatz 雅緻而有禮，旁邊室內市場鮮貨和小吃都很不錯，深得我心。

Mauerpark 尺寸非常，設計家具、原創設計、二手物品應有盡有，街頭小吃更橫跨歐亞美。

Arkonaplatz 品質最好，名家和原創設計比較多，擺攤的都像來交朋友，不只做生意。

有趣的是，我在週日 Mauerpark 市集遇到週六 Rathaus Schöneberg 裡的一位老闆，他念念不忘昨天要賣我一件皮大衣，降了半價我還不識貨。

「我居住的地方根本穿不到。」我說。

雖然沒買什麼，但眼睛和心都好飽足，我願意為了跳蚤市場，再來柏林。

／

託朋友的福，今天被帶到她旅途中認識的德國人家。

這是一對柏林老夫妻，朋友問他們：哪裡可以吃到德國傳統食物？

「我家。」先生這樣回答。

我就被一起拎去了。

先生做了一道正宗柏林料理：Kassler——煙燻過的豬頸肉泡鹽水醃漬，再和酸菜（配德國豬腳的那種）、馬鈴薯、洋蔥一起放入烤箱兩小時，便完成了。豬肉軟嫩不消說，酸菜的酸解了膩、洋蔥的甜加了分，加上燉菜特有的溫暖情意，再道地也沒有了。

席間聊到老夫妻相識過程，讓這個夜晚更熠熠閃耀。

先生二十四歲就做了嬉皮。因為父執輩在二次大戰毀了這世界，他不相信長輩能給出什麼建議。

「那時，我只想活到二十八歲。」

他去了希臘克里特島，在那裡認識了也從德國來的女孩、後來的妻子，他們一起在小島上種植、自己蓋房子，還養雞、養驢、養狗。

妻子翻出了當年日記，上面貼了泛黃照片。那瞬間，髮蒼蒼齒動搖的先生長出茂盛鬈髮和大鬍子，用一雙睥睨的眼睛看世界。微胖妻子成了身材曼妙的少女，天真爛漫地看著先生，無限旖旎。

當然，他們活過了二十八歲，並且逐年老去；但嬉皮的左派思想就成了血液，他們環遊世界，他們聰明消費。

「我們不去麥當勞、星巴克，他們不繳稅給德國，只在歐盟低稅國家成立總部，就為了避稅。」

如今，他們住在柏林郊區小公寓裡，一年出國至少兩次，能停多久就停多久，兩個人作伴的地方就是家。

年輕時的養分很重要，讓種子萌芽。成年時的反思很重要，挑選自己成為什麼樹、什麼花。壯年時的堅持很重要，擇善固執才能見真章。老年時的學習很重要，人生才能一次又一次呼應原點。

一次旅行不只是一次旅行，一生不只是一生。我們都在彼此交會裡，被灌頂一甲子功力。

／

柏林到處都有塗鴉，那成了此城標記，包容而前衛，性感而不富裕。

我還喜歡此城有氣質的街頭藝人，大都在演唱或演奏，地鐵裡、草地上，空氣裡飄著自在音符。

聽完這首歌，就要離開這座城，旅程也快要進行到底了。

／

回到慕尼黑，朋友款待，住進五星級飯店——king size 大床、溫水游泳池，著實為旅程帶來驚喜。可從 check in 開始，就覺得自己格格不入。

一個奶油小生為我辦理手續。我習慣問問星級飯店前檯可有推薦餐廳?他們往往在地而有品味，常常可以帶我品嘗當地人喜歡的美味。

「我們飯店有巴伐利亞餐廳，」他說：「或者你可以問問我們大廳的客服顧問。」

嗯，我懂，你並不想推薦。

把行李推入房間，我真的找了客服顧問，還在對話，奶油小生走了過來。

「先生，你的房間如何？」他問。

「不錯，就是離電梯好遠。」我答。

「若有什麼我們能為你做的，請告訴我。」

Hello? 你有在聽我說話嗎？

忽然瞭解了，這是 SOP，他複誦他該說的，如此而已。

吃過晚餐，我去泡泡按摩浴池。當我穿著泳褲泡溫水時，竟然看見，一個裸男游過我面前，蚯蚓也千真萬確漂浮著。

「這是 Baden-Baden 混浴池嗎？」剎那間，我記不起自己在哪裡……

「請問，這是裸體泳池嗎？」我問工作人員。

「當然不是！」她急忙衝進泳池稽核。「這是不被允許的。」

只見男人穿了浴袍，好整以暇閉上眼睛休息。我站在旁邊，像是喊著「狼來了」的孩子⋯⋯

在五星級飯店工作的好友告訴我，戰爭時，這些飯店是非戰區。我也真心喜歡星級飯店一分錢一分貨、童叟無欺的設備。只能說，這些年太習慣 Airbnb 及公寓酒店——不只是一個房間，而是異國的家。

不過，旅途中遇到的，都是該遇到的，應該要看見、體驗、放下。

／

相對於柏林，慕尼黑很布爾喬亞，金碧輝煌。

不過，不管到哪裡，歐洲人對於陽光的迷戀，已經是癡傻了。

高緯度斜射陽光，我戴了變色眼鏡眼睛依然快睜不開了，他們成排成隊面對，或是咖啡座、或是草地上，有光的地方就有人群。走在影子裡的，都是亞洲人，包括我。

陽光、空氣、水不只影響植物，也影響人類和文化。看見差異，便是旅行的意義。

／

Dallmayr，慕尼黑最早也最著名的熟食舖，西元一七〇〇年開始運營，擁有全世界十大著名咖啡，也是我在此城最流連忘返的地方。

這裡有米其林二星餐廳、好咖啡館、海鮮吧，更網羅全世界最好食材，每年還主推一支酒，店面本身就是藝術品，每個穿廊都值得駐足。

每週三，Dallmayr 生蠔之夜，三顆 Fine de Claire、三顆雞尾酒 Fine de Claire（Gin Tonic、Bellini、Bloody Mary）、一杯香檳，為我的旅程畫下句點。

我坐在滿座海鮮吧，看著大家都很開心，自己也很快樂。此行沒走什麼好餐廳，今晚獲得了滿足。

無論你在哪裡，一個人也要豐富圓滿。

／

一個人歐遊最後一天，我來到慕尼黑英國花園。

這是歐洲最大的城市公園之一，比紐約中央公園還大，還有人工小溪可以衝浪。

然而，最吸引我的，是一對曬太陽的老情人。她的手輕撫他的頸，安安靜靜又萬語千言。

這次和環遊世界的朋友見面，聽著她的旅程，也讓我更認識自己一些——原來，我想環遊的世界，不是一氣呵成的，而是中間要回家的那一種。

飛翔太久，容易累；停留太久，容易乏。那就這樣吧，飛一會停一會，拼湊成我的環遊世界。

美國．阿拉斯加：老鷹羽毛

一秒抵達阿拉斯加。窗外懸著千年冰河，蜿蜒曲折，崩塌落陷，成了河，成了海。

飛行前二十小時，才知道即使只是轉機，也要辦理加拿大電子簽證（ETA），被嚇壞了，還麻煩旅行社高人朋友打電話去機場確認。

趕緊上網登記，幸好半小時簽證就下來了，有驚無險。

轉機和飛行一共十六小時，恰好等於時差，向未來起飛，卻抵達從前，就這樣瞬間移動到安克拉治。

一場全新的旅程，揭開序幕。

／

秋天的阿拉斯加，大山大水都加上蒼茫的濾鏡，風中有刀劍，海裡有濁流。

往Seward的公路，名列美國最美公路之一，道路繞著峽灣走，還有各種秋色草木，彷彿調色盤。

抵達預定的小木屋之前，路旁停了卡車，原來有公麋鹿帶著一家在吃午餐。真幸運，到阿拉斯加第二天就看到野生動物了。

今日微雨，就在森林裡的小木屋附近散散步，再回來煮飯喝酒吧。

／

為了農夫再次變身漁夫，我在台灣就上網購買釣魚執照，他也添購各種釣具，準備好在阿拉斯加大展身手。我還特別在Seward挑了一家靠近溪流的森林小木屋，讓他可以就近釣魚。

今天清晨，霏雨紛飛，我們起床就出門去釣魚。他甩竿狩獵，我則看著逆流而上的鮭魚感動不已：是怎樣的召喚可以遍體鱗傷、奮不顧身？

他輕輕鬆鬆釣起了兩尾粉紅鮭魚，英姿煥發，還想再釣一尾；眼看天漸漸晴了，就由他吧。

釣好三尾魚，準備回民宿，一輛白貨卡朝我們開來。

「警察來了。」農夫的直覺。

果然，年輕俊俏的警察全副武裝下了車，一如電影畫面。我們有執照，前晚也查詢可以釣魚的區域，沒什麼好怕，當成例行檢查。

警察翻了魚，確認工具和釣者，然後說：「你們違法了！」

原來，這流域可以垂釣，但是淡水不能釣鮭魚、鹹水不能釣鱒魚……

就這樣，我們吃上美國罰單，三尾鮭魚，一百八十美元。

警察很和藹，他說依法要沒收農夫的釣具和漁獲，但他會交給我，因為他知道我們不是有意的。

一百八十美元買三尾鮭魚，和商店賣的差不多，還多了一個和美國警察交手的故事，算賺到了呢。

／

昨天是我們的「鮭魚日」，被開了罰單之後，決定尋找別人也在釣魚的點，好好諮詢學習——從魚種到潮汐，從鈎子到釣線。

然後，今天農夫又站到第一線了。

好旅伴難尋，四個人結夥，沒有人沮喪失意，反而彼此激勵，並感恩地吃下貴森森的鮭魚。今天，又一起來到合法釣魚的地方，陪農夫獵捕。

經過的，或許成傷，或許成翅膀；成傷的要懂得釋放，成翅膀的便送我們去更高更遠的地方。

／

今天健行十公里，五小時，去看 Seward 的 Exit Glacier 出口冰河。

這是一條號稱最容易親近的冰河，走點路就可以看到；小徑一路攀升到冰原，兩條冰河鋪展在眼前。

秋日北國，植物像待嫁新娘，穿戴各色美好，搭上晶藍冰河，美不勝收。

明天要再往南方去，到大比目魚和生蠔的故鄉。

／

Homer 荷馬位於安克拉治南方基奈半島上，城市末端是一道舌頭般小半島，溼吻大海。

舌尖上，小小木屋架在海面上，冰淇淋店、海鮮餐廳、旅行社比鄰而居，面向對岸的冰川與高山。

夏天過完了，旺季結束了，舌尖有些清冷，恰好適合不愛高調的旅人。

試了朋友介紹的烘焙店，Two Sisters，麵包好吃得令人驚喜，找到當地人垂釣的潟湖，旁邊俄羅斯釣客竟然午睡起來了，還有隻海豹在眼前載浮載沉。

遊人如織時認識一座城，彷彿參與了她的青春當好；但中年以後認識一個人，也沒什麼不好——狂狷收斂了，更多內省與豐厚，舉止得宜。

人和城市都一樣，怎樣都好，相遇就好。

／

何其有幸，荷馬當地人領著我們，到朋友土地上釣魚。

這塊土地有一灣溪流經過，也是鱒魚和鮭魚的原鄉。和善的二十六歲年輕男孩 Dylan 陪同我們，兼任保鑣。

「請問，」年輕男孩Dylan說：「如果看到熊和麋鹿，你們可以接受我射殺嗎？我有執照，而且，這是我們過冬的食糧。若你們不能接受，我就把手槍留在車上。」

我們點了頭，當然，這才是尊重土地的方式。Dylan進一步解釋，阿拉斯加每年容許獵捕的牲口，包括性別和數量；這裡冬日只有三小時日光，他要儲存各樣肉過冬。

Dylan甩起了飛蠅釣，一瞬間，《大河戀》放映眼前——青春的布萊德．彼特學習在北國生活，人和荒野，天人合一。

Dylan夏日時找些戶外零工，秋天之後應該一如熊，準備過冬。這是他們的日常，我們敬重而欽佩。不知道是幸或不幸，這一日無熊無麋鹿，只有兩尾魚上鈎；Dylan也放走了他們，因為太瘦。

這世界有好多不同的人，用不同的方式活著。這樣很好，如果你的土地與你不合，就去流浪吧。天地之大，總有你容身之處，這便是老天的慈悲。

／

喜歡北國信箱，排排站好，鵠候著主人與郵差的光顧；信來了，舉起手，交換訊息和信念。

荷馬好多路都面向大海、高山和冰川。秋天的野草開出紫色漸層的花；花老了，棉絮紛飛，把種子帶向遠方。

看見對岸峽灣嗎？等等要上船，駛向朋友的木屋，據說是寧靜海上一灣淺灘，兩幢屋子彼此作伴。海是地表的信箱，將這裡的思念送去那裡，那裡的關懷送來這裡。去向大海，你會接收並傳遞所有的愛。

／

荷馬對我們來說，是這樣一扇滿盈的窗。

這趟奇幻旅程的啟始，來自一對慷慨的夫妻朋友。他們邀請我們四人同行，住進他們位於荷馬高嶺上的家。

昨天傍晚入住，窗外是荷馬市、大海和對岸的高山與冰川；夜裡月亮升起，一道粼粼月光海閃爍著，懸掛窗上。

朋友其實不在家，窗上彩繪玻璃有他們一家三口，我們一進門就和這扇窗合影了。

他們的盛情不只如此，還邀我們去另一幢峽灣裡的木屋，無水無電，適合靜默和冥想。

「我們家就是你們家。」Dennis 說：「我不想跟你們說太多，旅行應該要有驚喜。」

他們真的沒有說太多，而我們就出發了，這便是奇幻之處；可他們請當地朋友悉心照應，一如彼此作伴，這趟旅行其實七人同行。

這是我從來沒有過的旅行方式，被滿滿的愛包圍。謝謝夫妻朋友，謝謝旅伴，謝謝這扇盈滿的窗。

謝謝宇宙。

／

我對阿拉斯加最初的印象，來自《In To The Wild》這本書。

這是真實故事。一個年輕男孩完成了父母要求，讀完大學，燒掉現金和身分證明，進入了阿拉斯加荒野，一個人生活。

後來某個工作低潮裡，這部電影救贖了我。公司電腦桌面，我放上男孩坐在廢棄公車上的劇照，提醒自己並非池中之魚。

今天在荷馬當地人釣魚的潟湖旁，那男孩從書本上、電影裡走向了我；分不清楚性別的纖瘦，耳上、唇上穿上了孔。不同的是，他帶了一個公狗。

當男孩走入海中甩竿飛蠅釣時，公狗專注地看著他，彷彿注視著整個世界。我拍下這一幕，為之動容。

男孩提醒了我，如今已經無法如年輕時盼望的那樣離群索居了；甚至，也不想有個狗陪我浪跡天涯了。可卻不帶遺憾地，瞭然於胸。

現在，我的掌心廣闊許多，不再執著寂寞了；那些犯過的錯、繞遠的路，成了巨人肩膀，載我眺望。

揮了揮手，和年輕男孩道別，願你此生懂得逆流多於順境，才是安康。

／

朋友在荷馬一個峽灣深處，擁有兩幢僻靜小屋，只有山泉水，無電無網路。

昨天，海上計程車送我們來到人間仙境。小屋面向峽灣，被群山環抱，海水寧靜一如湖泊。屋內有主人悉心準備的家具和一處爐火，一切超乎想像和期待。

今天，海豚、海獅、海獺向我們游來，如夢似幻。清晨時分，我們走向大海挖淡菜和白蛤，採集過活。

現在，我們駕了小舟來到海中央釣魚，被我找到網路，給塵世一封留書。

我們安好，願你們亦然。

／

我們在大雨紛飛中抵達 Sadie Cove。兩幢木屋旁都是松樹和岩石，大山大水，卻又細緻可人。

Ryan 替我們升起了火，參觀了整個領地，我們就坐在窗前看著大海。

「好喜歡這裡。」我聽見自己說：「可以住上一段日子。」

不用洗澡，不會被找到，歡迎往自己深處去；或許花團簇簇，或許百無聊賴，都是向內觀看。

農夫穿上雨衣，試著垂竿，我陪伴著，看雨落在海上，而海還是海。

「老鷹羽毛。」農夫指著海面。

我在心裡對羽毛說：如果你是我的，請漂上岸。

十分鐘後，我們走到木屋另一側，羽毛在岸邊等我了。

人生真的有好多事好難，人情世故、悲歡離合；這一刻全安靜了，天上飛過的，安然飄落手上。

明天要做更好的人，這世界正在觀看。

／

Sadie Cove 第二天，老天給了朗朗晴空，退潮之後，我們在小屋附近溪流出口處探險。

山嵐從海的那頭飄進來，伴著山，伴著松，潟湖一田又一田映照藍天，我在天地之間散步，一如修士在四方迴廊裡行走動禪。旅伴替我拍下這一刻。

「我看你拍的照片人都小小的。」他說。

對呀，人在風景裡好過風景在人裡吧。

我們特別選了中秋夜離群索居，下午釣的海魚成了晚餐。是日沒有月亮，但滿天星星竟然透過雲層照了出來，北斗七星撈了仙氣散在小屋四下。

忽然明白了朋友為什麼選擇這裡——山和海的交界，現實和夢境的邊緣，偉大和渺小的界線，你存在也不存在。

剛剛好的寂寞，剛剛好的醒覺。

／

Sadie Cove 第三天，我們開始習慣跟隨潮汐過生活。

抵達時，Ryan 說他放了潮汐本子在桌上，當時不知道這還真重要。潮來時木屋臨海，潮退時多了上百公尺淺灘；一天兩回，每天高低不同。

第三天早上，中秋滿月之後，海水退到最遠，我們準備挖淡菜和白蛤回送當地友人。

淡菜好撿拾，白蛤就不容易，得恰好看到它們從沙灘下吐出的小水柱，再往下挖，才能找到。

一邊採拾禮物，一邊想著這三天的奇幻旅程。朋友邀請、當地友人協助、季節、大海、木屋，才能滿全一切。

人生逆旅，所有美好，都是天地人的成全。

／

回到凡間了。

在朋友峽灣深處僻靜小屋留駐五十小時，像是去過此生最遠的深處。除了我們，這裡只有 Ryan，阿拉斯加之熊，而且是很愛笑的那種。

他是朋友的合作夥伴，一個人在這裡建築蓋房子。整個冬天，偌大峽灣裡只有他一個人，沒電沒網路，水太惡哪兒也不能去，而他樂此不疲。

在那裡的日子，他帶我們挖淡菜、白蛤，還出海垂釣。他總是笑的——釣線斷了，油快用完了，他都

Photo by 廖晨瑋

笑咪咪。

選擇住在阿拉斯加的男人有種漂泊感，沒有要宜室宜家，沒有要朝九晚五，只想一直活在夢裡。單身或成雙？都好。

離開時，我緊緊抱著Ryan，願下次還在他的夢中相會。

／

離開阿拉斯加，將來會思念起什麼呢？

大山大水？質樸人們？夢幻風景？我想一定會的。唯一希望不再想起、不再重演的是，焦黑森林。

阿拉斯加今年大火蔓延，直到夏末初秋的大雨，才勉強停歇。我們從Seward南下荷馬，便走進焦黑林相。《魔戒》場景在眼前上演，焦黑中土，偶還有煙。不忍卒睹，也要逼自己入眼。

這是今日地球，人類共業；有一天，我們族類會被淘汰，而地球母親繼續孕育更好的生物，更共和的世界。

回返安克拉治，就和廣袤北國說再見。願你無恙，繼續自由。

／

重返西雅圖，心情是雀躍的，往事歷歷在目，而我已白頭。

二〇〇一年，這是我橫越美國的起點。此城之後是奧克蘭，然後就是驚天動地的九一一；我被困在美國，卻也看到他們的憂傷和美麗，進而影響我的一生。

就是派克市場這個角度，我放在遊記書上，舊地重遊，還好依然滿心歡喜。

留了鬍子、綁兩根民初辮子的男子賣著麵包。背心真理褲、身材姣好男孩赤腳如狗倒退走路。遊民。時尚上班族。此城更是自由了，滿街彩虹標幟。

謝謝你，親愛的西雅圖，十八年後重逢，我們都愈活愈像自己。

／

樓下舞廳電音重拍剛結束，喧囂人聲甫停歇，我們就開始準備早餐。沖了咖啡煎了蛋，削了起司夾了麵包，我們對坐，以凌晨四點的早餐結束這趟旅行。

他其實不愛飛行，而我樂此不疲。一九九八年同遊美國之後，他視長途飛行為畏途，我則繼續一趟又一趟的遠行。

機艙的冷執、窗外的流光，交織的笑淚，都是我無盡的收藏。而他終於在二十一年後，再次踏上美國。

昨天散步抵達最想看的 Chihuly 玻璃美術館，大門竟然就在眼前閉幕——因為私人包場，提早三小時閉館。

萬念俱灰。幾分鐘臭臉之後，去了一家好超市買蟹餅、鮭魚漢堡、乾式熟成牛排，加上一瓶地產氣泡酒回家飽餐。樓下舞廳剛剛營業，扮裝皇后鶯鶯燕燕摩拳擦掌。

這也是旅遊的學習，世間一切無法預測，不能斗量。

Amazon 溫室裡，寫了一句「Work Global, Live Local.」，如果可以「Travel Global, Live Local.」好像很不錯。

生活已是日日好日，才有餘力欣賞別人的日日好日。請繼續上路，並滿懷感激。

二〇二〇

澳洲：找到自己

過年之前，和瑜伽老師快步東區街頭，聊起了旅遊計畫。

「朝聖之路以後，我希望每年至少可以有一個月不在台灣。今年會在澳洲。」我說：「租了一個小房子在達令港，走路可以到三、五個瑜伽教室上課，一個人就像閉關。」

老師很贊同，她說她也很需要一個人的時間，但實在不容易。有關係、要工作，還有與人相處，占去大部分時間了。

沒想到，因為天冷陰雨，因為農夫上班，初一到初四，已然是閉關生活——沒有鄰居、沒有訪客，只有六祖壇經、村上春樹、是枝裕和、鍾孟宏。

這樣的古墓清閒很好。不是不愛與人交誼，更不想忘了和自己相處；沒有遺忘世界的喧譁，也不想阻絕自己的寧靜。

一種剛剛好的寂寞。

／

清晨即起，天還未亮，奔馳往墨爾本機場。

一直想帶家人、孩子到澳洲旅行，除了天然景觀、野生動物外，還希望感染澳洲人的樂觀開朗。幾棵參天大樹、幾張木桌椅、一些麵包起司、幾杯啤酒，大家都開心地彷彿要跳起舞來。

我在布魯尼島，天晴地朗。

／

我不喜歡露營，卻著迷於紐西蘭、澳洲的露營地——前者只能搭帳篷，後者可以停露營車。

我在露營車上總是睡得好，大概是前世的波希米亞基因。去過的露營地大多臨著大自然，氣場很好。露營地還有許多常駐居民，我喜歡觀察他們生活，幻想自己就住在裡面。

此生至此選擇停泊，於是分外羨慕漂泊的人，所以選擇旅行探險。常常覺得，走得愈遠，心愈自由。

今晚紮營在酒杯灣右側耳垂，彩霞滿天。

／

昨天夜裡，查到塔省東岸自然生態動物園一早有塔斯馬尼亞惡魔餵食秀，今天上午十點準時抵達。一切為了孩子。

惡魔我見多了，吸引目光的是袋熊，他們可是澳洲野火英雄——因為挖掘許多地洞供動物躲過大火。

這個八個月大袋熊小女孩好愛被緊緊擁抱，摸她時候，享受得瞇上眼睛；小腳掌又軟又有彈性，萌態爆表。

塔斯馬尼亞露營地有許多有趣的鄰居，特別是這兩天在搖籃山國家公園裡。

清晨在公用廚房裡，他先走進來，留著大鬍子，安安靜靜替大家升火。火沒升起來，他在座位上等待。

另一個玉面的他走進來了，一樣安安靜靜，把火升起來，然後和他對坐，彼此耳語，節奏緩慢如歌。

她穿著紫色長袍最後亮麗登場，在火爐前烤頭髮、烤尾椎，然後和兩個他一起早餐。

後來在中部平原鐘乳石洞中，我們又相遇了。他們的互動不只普通朋友，可曖昧又相互交流，除非三人同行，沒有哪兩個人比較靠近。

離開之前，他們一起上車，她坐在兩個他中間，我們互道珍重，看著他們揚長而去，總覺得那一幕善美如詩。

今日露營地，十餘位來自不同國家的年輕男女一起擀麵皮、做食物，一起升營火、喝啤酒。彷彿世界已然毀滅後從諾亞方舟走出來的大孩子，馬照跑、舞照跳，明天的事留給明天去說，只要今晚美麗就好。

／

沙灘上，祈臻小朋友捉了一桶寄居蟹，說要養起來。

「我們養不活，放回大海吧。」

她轉而撿拾空殼，赤腳踩在藍綠色碎波上。

「寄居蟹長大了沒有殼可以搬家，很可憐。」

她好想要這些珍奇美麗的收藏，露出小狗眼神。

「阿伯，可以全家每人一個嗎？」

禁不住答應了她。天秤座的她左右為難，精挑細選才下好離手。

第二天沙灘上，她著迷於貝殼。

「這可以撿嗎？」

可以，它們已經離去了。

「那我只要這種，昨天的都送回大海吧。」

這樣很好，謝謝妳。地球會交到你們手上，要記得人類不是高等動物，只是歷史的一環。

／

「妳可以為我帶一件公主裝嗎？」出發前，我問祈臻小朋友。

「為什麼？」

「十年前，阿伯去過這次要去的薰衣草園，拍了一個小女孩當那篇報導的封面，後來妳就來了。」我說：「這次我想跟妳一起在那裡拍張照片。」

Bridestowe，南半球最大的薰衣草園，陽光、空氣、花和水都剛剛好，我完成了一樣心願。

拍完和祈臻小朋友的合照，起身準備走人。

「欸，我們哩？」不愛拍照的農夫竟然主動要合影。

但我沒準備公主裝啊？

「那你揹我好了！」

Bridestowe，南半球最大的薰衣草園，我被揹著聽風在歌唱、花在綻放。

／

彼時正要前往酒杯灣，準備在一個超市補給物資。農夫倒車，我從後照鏡看要撞上，趕緊喊停；他停下了，打擋往前起步，車子一歪，還是撞上別人車頭了。

我大驚失色下車，燈罩碎了不打緊，反正有全險；別人車子才是大事，我還得全程用英文溝通啊。

超市停車場騷動起來，還有人進賣場尋找車主，烈日當空，七上八下。仔細查看一下，幸好那輛車有著悍馬般的保險桿，僅有一些擦痕。

不一會兒，來了一對青春男女，身上滿是刺青，他們沒怎麼看車，只是滿是笑容看著我，然後揮了揮手。

「沒事的。」他們說：「下次露營車放路邊就好，不要駛進停車場，車太大不好迴轉。」

我這才放鬆下來，一直道謝。等農夫停好車，我們進賣場等他們結完帳，再一次鞠躬致歉。

「好了！剛好在超市，就來買膠帶黏一黏吧。」他說。

於是，有了這件藝術品，徽章一般伴隨我們全程。從此以後，他倒車，我一定下車幫忙看照，車子真的太巨大了。

後來想想，這些驚恐比美景更印象深刻，也創造了獨一無二的旅遊記憶，加上遇到的都是好人，都是應該深深感謝的。

／

此次家族旅行末了，我挑了雪梨一幢面對達令港的別墅。家人全不知情，進門一刻驚呆了——面海泳池、獨立碼頭、四層樓房、經典燈飾、名牌電器、透光按摩浴池、兩個廚房和起居室。

這當然不符合預算。可全家老小在露營車、露營地撒野九天，加上又是旅程最後，值得一個獎賞。

喜歡歸喜歡，農夫吐吐舌頭希望我下不為例。我沒答應就是了。

旅途上、日子裡，我們常要算計過活，這是一種量入為出；可我也常在想：金錢的價值應該遠大於此。

這幢別墅，我此生沒機會買下，但可以帶著家人體驗不一樣的生活；將來想起了，回憶裡有個閃著光采的印記，這樣就夠了。

／

雪梨四日，狂風暴雨與風和日麗都到齊了。送家人上計程車之後，又是一個人的旅程。

然後就再次迷路和認床了。帶隊時升級的看地圖和方向感瞬間消失，露營車上倒頭就睡的波西米亞隨性也無由崩解了。

腎上腺素著實用完了。幸好，遇上一間好公寓——碩大窗戶面向西南，窗外只有藍天白雲、鸚鵡和無聲起降的飛機。收好衣服，鋪上瑜伽墊，就錨定下來了。

五週旅程，兩週給家人，三週給自己，這樣分配也是人生的黃金比例。

每個人都應該先陪伴自己，而非他人。

／

熙來攘往雪梨中國城，城門石獅子腳下，有人送李文亮醫師一程，也為言論自由默默發聲。

登陸澳洲二十一天，新冠肺炎在這裡像是遠方戰鼓。一邊關注疫情，一邊想著：怎麼這一回我在夏天遠望冬季的雪？

孩子的寒假延長了，弟弟的出差取消了，家族群組裡呼籲口罩戴好戴滿。而雪梨亮晃晃的街頭一切如常，特別是暫停所有中國航班之後，路上僅有千分之一的人戴口罩；我住的公寓電梯裡，貼了公告請大家出國回來注意身體，如此而已。

但藥局的口罩、尤加利精油被搶購一空，餐廳和瑜伽教室都提供酒精乾洗手，戰火不遠，只是偏安一隅。

後來想想，我常在非常時期旅行在路上，比如九一一。這趟更是前有野火，後有肺炎。這應該是種祝福吧，得以看見人性最真實的模樣。

二〇二〇是急速變動進展的一年，令人意想不到，才是這世界的本質。暴雨將至也好，清風徐徐也罷，外境如斯，自己的內在又去了哪裡？

應無所住而生其心。

／

留在雪梨，除了想住遊異鄉，還想上瑜伽課。

澳洲是個運動興盛的國家，瑜伽也不例外。我住的大學城走路二十分鐘，至少有五個以上的瑜伽教室。

我先選了中央車站左近的 Iyengar 教室，一九九八年開業至今，恰好上到創辦人暨資深老師的課。

回到教室練習的感覺真好，即使環境是陌生的、語言是不熟的，可身體一吋吋寧靜延展是一樣的。

而且，我被學費嚇到了。新學生兩週最多十八堂課，竟然只要三十五澳元——這價格在台灣只能上一至二堂課。

那就乖乖當個好學生，每天上學去。

／

情人節＋週五夜，整個雪梨像是超大型派對，連空氣都沸騰了。

而我的這一天，則是得償夙願。

十年前造訪雪梨，初見此城的海灘文化，驚為天人——一如台北盆地車行三十分鐘一定可以樂山，雪梨處處可以樂水。身為走路的人，早想走一回最熱門的海濱健行，Bondi to Coogee。

這條沿海而建、經過五個海灘的六公里小徑，完全體現了雪梨人熱愛陽光、運動的一面，比基尼、人字拖，俊男美女目不暇給；特別是幾個海灘上、岩石裡的泳池，海浪拍打池水，真是雪梨特有的風光。

我的情人節被滿滿維他命D抱滿懷，傍晚再上堂瑜伽課，好雪梨人的一天。

／

雪梨同志嘉年華（Sydney Gay and Lesbian Marci Gras）是世界三大同志遊行之一（另外兩個是舊金山和阿姆斯特丹），每年三月第一個週六舉辦，今年則在二月二十九日。

今天是Fair Day，也是活動起跑日，維多利亞公園從早上十點到晚上九點湧進八萬多人，野餐、溜狗、聽音樂、唱歌、跳舞。就好像許多人共同的家庭日，不管你是什麼戀，一起來玩吧。

兩個爸爸替嬰兒換尿布。小男女青澀親吻。水男孩秀出好身材。女人一起爭取權益。相擁的情人什麼尺寸年齡都有。扮裝皇后把所有人逗笑了。

夜來了，我和大家一起在草地上跳舞，希望風把笑聲和平等吹到天涯海角。

／

今天又上了另一個資深Iyengar老師的課。

出發前，特別請遠在南非的師資班同學幫我明查暗訪雪梨好老師，她給了Kay Parry這個名字。只是，一波三折才上到課。

原本上週五要去上課，結果嚴重迷路又上了相反方向的公車，只好作罷。今天提早出門，確定上了對的車，下車後竟然找不到教室。

Google Maps 上的 Iyengar 教室竟然練習 Ashtanga？我也不知道發生什麼事。再仔細找地圖，不遠處還有一個 Iyengar 教室，我就在大街上狂奔起來。

一進門，一位瑞士老奶奶跟我親切問好，她說我找對地方了。

「我搬到雪梨就跟 Kay 練習，已經十年了。」話鋒一轉，她竟問我：「對於台灣女總統再次連任，你開心嗎？」

原來，她很關注台灣，並為小英連任高興不已。

上了樓，見到 Kay，非常既視感——彷彿我外婆年輕的模樣，親切又雍容。

課堂上就我一個男生，其他都是飛來飛去的女俠；頭倒立、輪式、肩立式都來了，還有呼吸練習，好舒服的一堂課。

Iyengar 是個很忙碌的派系，輔具一堆不說，序列也是站站坐坐。不過，雪梨教室都是學生自動自發，墊子、輔具、強度、深度，連交錢都放桌上自己找零；老師只在某些時刻碰觸學生身體，那便是「啊哈」的一瞬。

下了課有種說不出的心安理得。嗯，這個世界，我來過。

／

為了慶祝瑜伽課臥英雄式 Supta Virasana 被 James Hasemer 整個人站在大腿上，決定散步到 Black Star Pastry 位於 Newtown 本店吃西瓜蛋糕。

說這蛋糕世界知名也不為過，被 CNN 選為全球十大甜點而聞名國際，本店只有小小一爿，處處都是彩虹旗。

家人生日時，我買了六人份，一吃真是驚為天人──清爽而有層次，西瓜、草莓、開心果、玫瑰花瓣、玫瑰奶油、杏仁餅融合一體，香氣在前、甜味在後、尾韻西瓜擔當。

這甜點迷人，還有一個故事。

那天暴風雨，我們全家從漁市場離開時，遇到同是台灣來的兩個女人──大的白髮，小的青春，說是祖孫也不無可能。

她們知道我們要去買西瓜蛋糕，開心地為我們指路，還說她們打算第二天要去吃第三回了。

「你覺得她們是什麼關係？」下車後，農夫問我。

一對。有種瞭然於心的默契和曖昧，讓我傾心。

「嗯，」農夫說：「我看到年輕的輕撫另一個大腿。」

好棒啊，幾歲都要戀愛，差幾歲都是璧人。

西瓜蛋糕從此是愛情了。

／

今天在雪梨瑜伽課堂上練習手倒立，老師來到身邊，要我腳掌不要和小腿呈九十度。

「腳指向天花板嗎？」下來以後，我問老師。

「不是指向教室中間、也不是指向天花板。」老師把目光看向教室。「你可以問問其他同學，她們會教你。」

我的笑容凝結在空氣裡。而對面，一位同學對我笑燦如花。她走向我，身體好美。

「你要很高興她看到了你。」美麗同學對我說。

「我懂。」我有些手足無措。「因為語言關係，我無法完全理解她的意思。」

「沒問題的。」她把長腿伸了出來，為我示範。「要把大腳趾指出去，如同水、如同空氣一樣輕盈。」

啊，我明白了。

老師走過來，點了點頭。

我想起另一個瑜伽教室裡，老師問大家明白了嗎？

「我不太清楚。」一位同學舉手說。

「那妳應該回去上基礎課。」老師說。

「你為什麼不回答我？」同學又問。

「我已經回答了。」老師笑了。

這都不是我所習慣的師生關係，我咀嚼並學習著。老師是帶領練習的人，也是課堂的一分子，不一定要高高在上、也不一定要有問必答。

最後的肩立式，我準備好要進入，又被老師叫下來，她喬好最適合我的輔具，然後輕輕地說：「以後不懂，先跟同學請教。」

我忽然明白了。這是進階課程，課堂上有許多老師一起練習，老師提醒我要求教，還要明確知道自己在怎樣的練習裡。

因為文化背景、因為人格特質，我不會選擇成為這樣的老師，但我不能要求別人成為我想要的模樣。

還有，老師不是針對個人，而是給了一把尺，讓教室裡的人度量自己的練習。

在新南威爾斯美術館被置於角落的石雕吸引，走近一看，果不其然，一千多年前的佛像。

佛就是佛，無手無頭還是佛。老師就是老師，她在那裡你在這裡，因緣俱足而已。

放下對別人的期待，才是真正的尊重。

／

在雪梨的每一天，股四頭肌和屁股花都是痠緊的——因為進入第三週、每天一至二堂瑜伽課的緣故。

回想起上回有這樣的身體記憶，竟已是十年前的師資訓練。

不一樣的是，當年的練習有熟悉的老師和同學；這次的練習，我只有自己。一個人走路上課，下課便回家煮飯，沒交集在地朋友，連結最多的是公寓大窗和窗外風光。

這週老師們不約而同開始調整我的身體，那種眼神的交流、肌肉骨架的確認，讓練習更深，當然，也更瘦。老師們都在教我左右平衡、打開心輪。

因為骨盆旋轉加上脊椎側彎，平衡於我，真的不容易。這次找到多一些右邊的力量，那是付出和勇敢，也是創造和企圖，讓未來更大更遼闊。

心輪向來是我的最愛與罩門，心打開不是只有身體前側看向遠方，還要身體後側願意支持，還有胸腔相信自己可以飄浮在核心肌群、在紅塵俗世之上。

Iyengar的練習，要先找到自己，所以每個人的椅子、抱枕、毯子、磚塊等輔具的使用都是不一樣的。

偏偏，人最難的也是找到自己，往往以為找到了，又發現只是另一個自以為是。

每堂課的最後大休息，我都感謝一切的一切讓我來到這裡——瑜伽、雪梨、中年、地球……

新南威爾斯美術館一進門，就是一尊象神。

那一刻，我知道自己為什麼來到這裡。

／

某天突然發現，回程航班被取消了，航空公司自動改成今天，並且忘記通知。然後又突然發現，今天是雪梨同志嘉年華，乾脆就改成明天回程了。

原本約好了墨爾本朋友同遊嘉年華，不想遇到家有突發狀況。一切因緣際會，我一個人站在遊行起點第一排。

很感動的一場盛宴，特別是同志家庭帶著孩子一起上街，看得眼眶溼了。

每個人都有自己的樣子，要喜歡自己此生的模樣，也教會孩子喜歡自己。這世界永遠會有耳語，沒關係的，天涯海角，都有同類支持著你。

／

練完瑜伽、走回公寓路上，突然想到，雪梨已是我居住最久的異鄉了。

會在這裡，完全是順水推舟——要帶家人開露營車旅遊，澳洲的航程和風光成為首選；又想帶弟弟和弟妹重回蜜月旅行的兩座城市，墨爾本進、雪梨出最合適老人小孩飛行。

於是，便停駐此城了。

相較之下，墨爾本更是我的城市，加上有朋友做靠山。但也因為雪梨陌生，停在這裡更合適，小小的舒適圈、大大的冒險。

居遊的腳步和旅遊不同，更舒緩也更多百無聊賴的時光。日子就在瑜伽、走路、煮飯、看英文電影之間擺盪，偶爾抬起了頭，想起家來。

願我更老以後，多陌生的異鄉都可以是家。

／

雪梨三週，對「公共」二字有更多省思與學習。

我住在雪梨科技大學附近，這學校橫跨好幾個街廓，有許多新穎標緻的建築，不只沒有圍牆，還把空間分享給所有人──連接校園的橋梁有乒乓球桌、建築物裡四處有公用桌椅和沙發、校園草地上還有沙灘椅提供日光浴……

那天經過 Redfern 車站附近，被一個招牌吸引，竟然有人提供完全免費的公共工作空間？一走進去，一位年輕大男孩迎向我，才知道這是一個非營利組織標下了公共建築，改頭換面成為展覽、表演和公共工作空間。

「任何人都可以進來歇歇腳或一起工作。」年輕人說。

一位街友舒服坐在沙發上睡著了，畫面好迷人。

「公共」不只不該獨厚某些人，更應該扶植需要的人。台灣的蚊子館、閒置空間也不少，這是值得借鏡並付諸行動的。

我一直希望能為非營利組織或基金會做點什麼，有人需要，還請招手，謝謝。

／

這次的雪梨，就停在同志嘉年華的餘波盪漾裡。

我其實沒有太早到現場，只是幸運地遇到一個在地大尺碼家族，萍水相逢，他們卻為我占著位置，讓我在第一排和他們並肩。

「我是嘉年華處女！」媽媽歡呼著。

喔，我恰好也是。

媽媽問我台灣同志現況？然後說，坐在旁邊的是她女兒和女朋友，他們全家百分百支持。

「她十五歲告訴我時，我老早就知道了，她打足球，活像個男孩。」媽媽說：「但我也活像個男孩，我卻是異性戀。」

事實上，參與嘉年華的異性戀大大多於同性戀，這是人口比例，也是社會開放程度。而遊行表演者，也是什麼尺寸、什麼膚色都有，並非全是鮮肉少女。

全世界同志遊行都一樣，不只關注同性戀，也是關注弱勢族群──遊民、愛滋、雙性戀、皮革族、地球暖化……而所有主流文化，也在這一天表達心意。

這樣很好，這樣才是大同世界。老吾老以及人之老，你老不老不是重點，別人老而愉快才是。

謝謝雪梨給我的許許多多，恰逢亂世，彼此珍重。

二〇二三

東京—新潟

日本：夢鯉

故事開始，通常很日常。

「大年初七初八有日本全國錦鯉大賽耶。」某天，農夫這樣告訴我，眼神裡有渴望。

我們就這樣飄洋過海，一腳走進了全世界最高境界錦鯉賽。農夫如魚得水，我則提心吊膽，深怕又是滿滿罣固酮的競爭……

幸好，會場乾淨到地板發亮，還飄揚優雅音樂，各國人都來了，全球錦鯉都到了。這裡不是鬥獸場，而是揖讓而升下而飲。

「昨天晚宴，某國人問日本錦鯉協會七十歲會長：『我國有錢有技術，會不會擔心日本被追過去？』會長不疾不徐地回答：『不會，我們會更努力不懈。』」農夫友人告訴我們：「這個問題，三十年前他就回答過了，當時發問的是台灣人。」

日本職人精神，佩服得五體投地。

農夫滿場跑，恨不得記錄下每尾魚、每個動作，我則欣賞海報、策展等細節。

這是此次旅程開端，也是錦鯉黑洞入口，一起來夢鯉吧。

／

早上先去了表參道附近的農民市集，跟農家買了菜蔬。中午只吃拉麵，然後去成城石井超市買好友推薦的油漬火腿佐起司橄欖，去HARBS買水果千層，再去福島屋超市買鰤魚、鱈魚白子、柚子酢，然後就回家了。

這次住在弟弟妹妹東京的家，他們為我們添購超多鍋碗瓢盆，包括一只土鍋。

「要請你幫我們開鍋。」弟弟說。

接下任務，然後想：正是冬天，有什麼比鰤魚鍋更適合開鍋？

果然，當令肥美鰤魚搭上超市流連酒櫃貴婦推薦的大吟釀，美呆了。加上滿滿菜蔬補充外食纖維的不足，開了土鍋也滿足了旅人。

從前旅行，要煮食得天時地利人和；現在旅行，沒廚房就不上路。實在太愛逛市場，實在太愛做菜，而且世界趨勢就是服務最貴，愛下廚的人才能得天下。

吃完這餐，明天要往雪國去，繼續錦鯉黑洞。第一尾突變了顏色、改變了族類的鯉魚，就出現在雪國的梯田裡。他改變了全世界，我們也才有了這場旅行。

／

看到這一幕，泫然欲泣。我們終於辦到了，走進錦鯉發源地，走進世界級錦鯉場，走進農夫的夢想裡……

「日本人很排外，沒有預約不會讓你進他的魚場。」

「要去日本買錦鯉？你得有人脈，請流通業者（仲介）帶你去，付他新幹線和食宿，還要租車載他，請他幫忙聯繫和翻譯。」

「你喔，去看看人家魚場就好，不一定買魚啦。」

從農夫開始想到日本挑魚，前輩和同輩都是這樣的聲音，彷彿是肖想、癡人夢話。

「到底是有多難？」偏偏有個不服輸的我這樣想。

某個早餐之後，我打開電腦，信步衝浪，十分鐘發出三封英文信，試試手氣。

第二天，一個女孩回信了，其他兩人至今音訊全無。

今天中午終於見到那女孩，女兒節玩偶一樣的長相。幾個月來，我們每週通信，安排交通、住宿和魚場，坦白說，一點也不困難，就只是一個別人不想讓你玩的破關遊戲罷了。

是的，偏偏有個不服輸的我，就問：為什麼你們不讓別人玩這遊戲？

玩偶女孩很俐落，非常我的菜。第一家魚場不入眼，她直說抱歉，立馬安排國魚館，這家的錦鯉真是水中珍寶。老闆廣井清治為了接父親的魚場，一九七五年沒讀高中就繼承父業開始養魚，是日本傳奇人物，被稱為「錦鯉字典」。

「昨天結束了第五十三屆全日本錦鯉大賽，」老闆告訴我們。「我從第一屆就開始參加至今，沒有缺席過。」

他撈魚好溫柔：全是我的孩子啊，雖然還是得分級，可都是別處找不到的寶貝喔。

「我們一定會再回來！」大雪紛飛之後告別國魚館溫室，我們和老闆許下承諾。

我知道我們的幸運，也明白我們的憨膽，普天之下，沒有一條路是危險的，更何況是有人走過的路，對吧？

／

有沒有挑魚挑到吃懷石料理的客人呀？恰恰好，就是我們。

行前，玩偶女孩請我們帶午餐便當，方便到處找魚，但這不是我們待客方式。

「可否邀請妳陪我們一起午餐？」我在信上寫道。

「非常感謝，我們社長將同行。」她說。

中午我們作東，請吃蕎麥麵。沒想到，晚上社長邀請我們一起晚餐。

「敬請期待。」玩偶女孩說：「特別是你也喝的我們地酒，久保田。」

精疲力盡結束了今天八家魚場，才知道，晚上社長請吃飯，要吃懷石料理。

「我們社長第一次全程陪客戶，」玩偶女孩說：「他希望你們感受他的誠意。」

我們走進傳統建築，裡面是蜿蜒曲折，然後走進最大包廂，正對雪的庭院，傳統的啟承轉合，每一皿都可以吞下舌頭。更特別的是以地酒久保田搭配，萬壽的清爽口感我熟悉，但不同酵母的碧壽也太奶油口感，驚豔到不行。

「其實我參與釀酒，你要不要找時間回來，我們去參觀我的酒造。」社長說。

就這樣，我們分配好工作——農夫挑魚我敬酒，也沒在怕的，社長之外，兩個同事都醉了，直接仆街，我屹立不搖。

小朋友不要學，叔叔練一輩子了。

／

Shelter 是我最喜歡的英文單字之一，比綠洲更生動，比天堂更扎根。讓所有動物休養生息，便是庇護所。

我在錦鯉黑洞中，為自己安排了庇護所。有能力為別人量身訂做，更應該先為自己裁製衣裳。

那麼，我的庇護所應該是什麼模樣？雪地露天風呂、葡萄酒和美食，都是我的最愛，竟然找到一個酒莊集大成，而且附上收藏許多書和名家椅的圖書館大廳，還有十八小時無限供應酒水。

向著日本海的無盡葡萄園中，蓋起幾幢木屋，還有別處移來的老農舍，有酒窖、旅館、餐廳和市集。如今大雪紛飛，格外美麗。

中午義大利柴燒豬排，晚餐九菜六酒法國餐，明天和食早餐，已經十分迷人，還附上只有我們使用的私人露天風呂，可以望見雪地中的葡萄園。

終於，前兩天身兼特助、翻譯、祕書、會計、保姆，連做夢都在念日文大正、昭和、紅白等品種名的重擔可以暫時放下，在我的舒適圈發懶，以及，一直把自己灌醉。

對，暫時。農夫決定再戰魚場，特助、翻譯、祕書、會計、保姆四十八小時後再度上身……

在東京相約的媽媽好友說：農夫和我個性太鮮明而迥異，如果同時是她的孩子，絕對是一場恐怖的持久仗……

孩子或許會爭個你死我活，幸好我們都是大人了，就用平行宇宙、不同時區來讓彼此心滿意足吧。

／

「你請飯店幫我們訂 guest house？人家會不會覺得很奇怪？」農夫昨晚問我。

「價差八倍，或許有點奇怪，但網頁上要求打電話，我不會說日文嘛。」我回答。

農夫行前就為自己鋪路，要求開放一個晚上不訂房，邊走邊看。最後毫無懸念，他決定返回魚場，那這一晚要住哪裡？還要前一晚能訂得到。

也不是不能訂個商務旅館，就是無聊了點；農夫沒住過青年旅館，又熱愛下町，這個新潟古町糖果老舖改成的 guest house，應該可以試試吧。

一打開門，一對靈動眼睛對我們望，尾巴搖到屁股快掉下來，旅館以這個白色比熊犬為名，他長住這裡。而旅館不只是旅館，還是一個酒吧。櫃台、廚師、調酒師、清潔人員是同一個大男孩，他提醒了我明天的身兼數職……

男孩和弟弟一起養狗，弟弟買了老町屋改裝，哥哥經營，氣氛滿點。弟弟後來又買了一個房子，自己另外經營健身房去了。

一聽到本日客人只有我們，決定買了各式食物和男孩一起晚餐，窩在暖桌喝啤酒。日文、英文、漢字、手機交叉使用，好有趣的一晚。等等還要和農夫樓上樓下當室友，和紙門隔開的膠囊般睡舖，好別致的眠床。

如今的人生就是想體驗各種生活，豪華飯店也好，町屋青旅也罷，心能自在流轉，才是自由。

／

「農夫的獵鯉行程，結束在酒造……」聽起來很奇怪，卻是真實。

農夫決定重回魚場。偏偏，第一個魚場老闆忘了時間，魚的狀況又不好；第二個魚場老闆說在上週錦鯉大賽看過我，拿出壓箱寶，農夫立馬做出決定。

「再來要去哪裡？」上車之後，玩偶女孩問。

「不是要去社長酒造？」我開心回答。

我們來到取名「福氣」的酒造，據說用雪融的水釀造。不擅純飲的我特別準備了豬排三明治，開始品嘗各種吟釀。

吟釀以新鮮見長，酒造的酒最是新鮮，水果香氣奔放，留一抹喉韻繚繞。新派日本吟釀有愈來愈靠近白酒的趨勢，福氣酒造還是走傳統路線，算是熱血男兒的酒。

咬一口象徵勝利的豬排，吞一口福氣啦吟釀，然後想到錦鯉黑洞終於告一段落，不禁喊出——

保～力～達～B！

／

昨晚返回東京，風塵僕僕回到弟弟妹妹家，竟然在洗澡之後，又被充了電。有個家可以賴著，真是太好了。

「我們明天不搭車，在附近散散步好嗎？」我提議。

「可以呀……」農夫突然天外飛來一筆：「這附近應該有錢湯吧？」

有有有，網路上什麼都有，小祕書什麼都辦得到！

於是，早上逛農民市集，中午吃百年老店關東煮、鯛魚燒，下午茶是 HARBS。

「肚子太飽了。」他說。

太好了，終於可以拐騙去國立新美術館和 21_21 美術館。

國立新美術館是波浪帷幕的方體建築，外觀普通，裡面卻是宇宙轉運站。不同折射光線照在兩個巨大圓柱體，每個走進來的人都成為過客，被輸送去下一段人生。

21_21 美術館則是用建築摺出的一對翅膀，低調又曖曖內含光，人在裡面就是多餘，這座廟宇應該敬天謝地。

然後，來到錢湯……小小十坪，川流不息的男體，泡在馬賽克拼貼下兩池水裡，從兩歲到九十歲，也是一場肉身表演。人啊，穿衣服就有階級，脫了衣服若不是因為性欲，其實差不多，就是同一種鳥，花色大小不一樣而已。

再次步行超過兩萬步，再次拼貼兩個人的需求，完成東京一日。

／

旅行可以改變一個人，農夫就是最好的例子。

出國穿了我的舊大衣，拿著老皮包，他覺得夠暖堪用就好。飛到東京，看了路人穿著，逛美術館被設計環繞，以及穿上飯店準備的家居服，似乎有些鬆動了。

「這個倉敷厚帆布包真好看，但我不能再買包包了，你要不要試試？」飯店小賣店裡，我試探地問。

「這適合我嗎？會不會太文青？」他揹了一下，不置可否。

第二天揹一整天，發現好用適揹，決定回家換掉上班皮件包。

過了兩天，我又找了時髦剪裁大外套要他試穿；這次挺合作的，一穿就愛上，立馬換掉舊大衣。

今天出門前，他自己穿上我的丹寧拼貼上衣，搭配新外套、帆布包，整個人煥然一新。

陪我去銀座逛街，忽然發現辦公室女孩揹了三角結構組成的包包原來是設計師精品，自己默默拿了名片夾，覺得是好物。

美學最好可以從小培養，不小心長大了，就靠旅行給予刺激吧。

旅行真的可以改變一個人，你怎麼還坐在那裡？

／

「你看！」農夫指了電線桿上的廣告，開心地說：「你的CBD！」

我們的東京很隨性，因為不愛排隊，沒有一定要吃的店，往往就是坐車、散步、錢湯，然後回家。

比如今天，一早去了湧進全城觀光客的築地，避開名店排隊人龍，只在漁河岸吃了生魚片、蛋包飯。然後去了中目黑，農夫不愛阿夫利柚子拉麵，再散步去代官山，便被CBD廣告吸引了。

去年三叉神經痛到想死，CBD是救命恩人之一。這是大麻萃取物，去除成癮性，有益身心健康；想放鬆就放鬆，想專注就專注，特別適合止痛、紓壓、助眠。

我們跟著廣告走到一家窗明几淨咖啡館，咖啡、抹茶都添加CBD油，還有CBD巧克力、CBD能量棒任君挑選。櫃台女孩特別讓我們試了三種油、一種餅乾，很快就感到心輪暖暖、世界大同。

我想起阿姆斯特丹滿街大麻味，那些可愛的咖啡館，香氣十足的布朗尼，純天然真的好過抽香菸。

「你有什麼感覺嗎？」農夫問我。

「整個人好鬆，和源頭在一起了。」

／

這次為小孩找禮物，竟然被指定買鋼彈。沒想到鋼彈咖啡關門了，台場蕭條了。動動手指上網，離開前一天大雪紛飛來到新宿宅男大樓，使命必達。

「沒買到也沒關係喔，」孩子爸爸說：「他是沒有也沒關係的小孩。」

我懂，我只希望孩子明白，旅途上什麼都可以實現，人生也一樣。

買完鋼彈，我們就在新宿迷路了，Google Maps也救不了的那種迷路。應該要去喝個下午茶，一看到地鐵就逃亡，買甜點回家自己沖咖啡。

後來，農夫睡著了，本來還想自己出門走走，窗外又雨又雪，乾脆窩著看書。看著看著，天黑了，睡醒了，才出門覓食。

也明白沒有什麼是完美，完美是三百六十度的一切。一抹機翼，一座富士山，都是千萬年的相遇、千萬人的成全呀。

／

我不喜歡東京。這是我來東京的原因。

日本是我帶家人旅行首選，可往往就是經過東京，前往鄉下；那些靜甯的雪、恬淡的田，才是我可以擺好自己的地方。

然而，隨著台北的發展，我覺得有兩座城市可能是 role model ——一個是曼谷，將設計發揮到極致，居住步調緩慢而悠哉，娛樂是一切的依歸；一個是東京，交通與建設無限綿延，人們可以在各個衛星城鎮隱身不見。

所以，二〇二〇東京奧運時，原本想來居遊一段時間，沒想到疫情隔絕了一切。

二〇二三年才能叩門，其實東京還沒有準備好。好比荒廢一段歲月的明星，遲疑著要不要返鄉種田？忽然鎂光燈又聚集過來了，倉促間，上妝手法有些生疏，巧笑倩兮不夠到位。

在不喜歡的地方學習，是我這幾年的功課。因為愛恨分明、決定果斷，往往容許自己駐留舒適圈。幾次因為人情牽引，在從前不會選擇的地方試試水溫，好像也挺有收穫。

這一次，我特地選擇跟隨弟弟妹妹、小夫妻、好友一家的腳步，請他們領我看看這座城市。的的確確，東京從古至今，乃至未來，都是人類歷史永垂不朽的城市。

至於東京和我……這樣說吧，這是巷口簸仔店，很容易找到需要的物品，連播放的音樂、陽光的氣味都沒有理由討厭；有些事談不上喜歡，也是熟門熟路的老司機了。

今日東京以雪花紛飛歡送我們，還發了大雪警報。下次來，希望妝都上好了，微笑也練妥了。愈了解日本人，愈覺得他們是活得辛苦的戲精，我著實只想當個過客。

／

直到這一刻，我們的日本行才告一段落。

魚裝箱了。魚的健康證明出來了。魚離開新潟了。魚起飛了。魚降落了。

緊盯三十六小時，終於接到報關行的電話，可以接魚回家了。

一開箱，新潟空氣飄散在鄉下的家。魚裝在塑膠袋，打滿氧氣，再貼上增氧劑；被台灣陽光照耀那刻，才驚慌地發現：這裡沒有雪。

像是拆開一只又一只禮物盒，對溫、對水、分類、拍照、錄影、分缸……才讓這群魚安頓下來。

感謝這一場重要的旅行，不只打開了視野，更可能打開了農夫躊躇不前的未來。

掃描 QR Code，即可免費下載隱藏版全彩圖文特輯
【輯三】翅膀的痕跡

後記

迷路的人，長出了自己的方向

陳慶祐

我從小就是容易迷路的孩子。

記憶中第一次迷路，是上幼稚園之前，高雄一個蓋頂市集裡。我往前走，一轉回頭，爸媽不見了，頓時慌張起來，大哭大喊。爸媽找到我的時候，據說我坐在茶攤板凳上晃著腿。

而最可怕的迷路記憶，則是幼稚園。彼時我們剛搬到台北，住在永吉路巷弄裡。那是台灣經濟準備起飛的年代，家裡白天是加工廠，員工是爸爸的學生，他們也跟著我們住在小小公寓裡。

有天晚上，弟弟們睡著了，只有我矇矇地醒著，聽見爸媽說要去逛夜市，問學生要不要一起？然後我睡去了。再醒來，家裡竟然沒有人，我走進漆黑客廳，剛剛還在聊天的大哥哥全消失了。一慌亂，我奪門而出，出發往夜市找爸媽。

但夜市在哪裡？怎麼每條巷子都長得一樣？我拔腳狂奔，往前找不到夜市，往後應該找得到回家的路吧？黑夜吞沒了小小的我，我記得用手摸著門牌號碼，卻怎麼都找不到家；撫著一扇自以為是家的大門，一切被鎖在鐵門後面……

忘了是誰找到我？大哥哥？還是爸媽？只記得爸爸在客廳裡大發脾氣，學生們百口莫辯，他們也想逛夜市，但不想跟老師、師母一起。我聽著聽著，安心睡著了……

奇怪的是，我竟然沒有長成畏懼的孩子，反而在每次迷路時瞭然明白這是怎麼一回事，放任自己去冒險。

國小畢業那年暑假，我認識了三毛和她的作品，加上爸爸開車帶全家環島，都成為我嚮往旅行的起點。

第一次一個人旅行，是國中時期。那一天，我買了唯王的肉鬆麵包和布丁，坐上204公車，從忠孝東路四段出發，在公車上吃起食物，心情也跟著飛揚起來。公車抵達國際學舍（現在的大安森林公園），開心走進書展，翻開胡適《四十自述》，然後買下，至今依然收在書櫃裡。

第一個挑選的旅伴，則是弟弟。我如法炮製，帶他走進唯王麵包，請他挑選自己喜歡的，然後帶他上公車，我們一起在公車上吃喝，看著風景的轉變。

「這就是旅行。」我跟弟弟說。

成年以後，弟弟成了我最好的旅伴。跟他旅行沒有任何為難，吃好吃壞、住好住差，他都甘之如飴；包括他的女友、後來的妻，以及他們的孩子，都成為我旅行以來最好的陪伴與支持。

有次去普吉島家族旅行，弟弟看我明明拿著地圖找餐廳，卻東西南北都搞不清楚，全家人跟著迷路。

「你怎麼有辦法一直迷路還一直旅行啊？」他邊搖頭邊問。

「迷路，就只是迷路啊。」我說：「迷路也是旅行，不是嗎？」

迷路的人，沒有內建指南針，沒有東南西北，沒有人云亦云，沒有自動導航，然後就長出了自己的方向；每一步都千迴百轉，卻又非常當下。因為常常走進人跡罕至的路，遇到寂寞裡探頭的靈魂，所以旅途中充滿故事，只需側耳聆聽，然後記在心上。

一如鄉居過生活，這十幾年來的旅遊寫作也都是一筆一畫寫在網路上，即時記錄，彷彿直播。有一天，竟然也都出版成書了。

《種日子的人》和《藏翅膀的人》能結集成冊，都是梓評的功勞。這幾年來我們一起練瑜伽，一起在練習之後跟便當小隊享用午餐，他成了我的馴獸師，也成了一起表演的人，所有文字經由他才打磨拋光，書名也都是他送給我的祝福。

出書之前要找推薦人，我執拗地說：可不可以都是一起旅行過的朋友？這樣的人實在不多，維中是最有交集的那一個。套用維中的話，他同時是我的「飯友」和「旅伴」，我們從年輕一起出書、一起旅行，至今綿長地支持彼此，每趟東京旅行都有他結伴散步。

另一對一起旅行的朋友，阿沚與怪獸，故事就更綿長了。

瀅瀛是我五專同學，我們十五歲相識，後來相認乾兄妹，連她兩個妹妹也成了我的乾妹妹。有一天，瀅瀛跟我說，她們認識了一個地下樂團叫「五月天」，音樂很好聽。後來，五月天在滾石出唱片，然後一炮而紅了。

阿沚是我們的小妹妹，那年我去歐洲旅行，阿沚、怪獸和我在雪地裡戲劇般相逢，漸漸成了無話不說的朋友。上一本書他們為我唱了一首歌當宣傳曲，這次在馬不停蹄演唱會中一口允諾幫忙寫推薦序，為這本書送出滿滿祝福。

我的護照夾著兩張手寫字，一張是二〇一七年家族旅行，阿沚與怪獸前腳離開旅店，我們後腳進去，才發現他們準備了給孩子的零食、給大人的酒，還有一張字條放在緣側桌上。另一張是二〇一九年，我借住瀅瀛慕尼黑的家，也是他們前腳離開，我後腳抵達，房子處處都是他們一家人給我的字條。

這兩張他們的手寫字成了我旅行的幸運符，認識他們全家人，就是我的幸運。恰好他們姓「路」，我最喜愛的國度，都有他們翅膀的痕跡。

做為練習者，我在每堂瑜伽課結束時，會聽見自己說：感謝此生遇到瑜伽。我更常在每趟旅行之後，聽見自己說：感謝此生為人。

因為這樣，我成為信仰旅行的人，此生都在道路上。

藏翅膀的人
一個旅行信仰者的朝聖之路

文字・攝影　陳慶祐
選書　孫梓評

編輯團隊
美術設計　Rika Su
責任編輯　劉淑蘭
特約主編　孫梓評
總編輯　陳慶祐

行銷團隊
行銷企劃　蕭浩仰・江紫涓
行銷統籌　駱漢琦
營運顧問　郭其彬
業務發行　邱紹溢

出版　一葦文思／漫遊者文化事業股份有限公司
地址　台北市松山區復興北路331號4樓
電話　（02）2715-2022
傳真　（02）2715-2021
服務信箱　service@azothbooks.com
漫遊者書店　http://www.azothbooks.com
漫遊者臉書　http://www.facebook.com/azothbooks.read
一葦臉書　www.facebook.com/GateBooks.TW
營運統籌　大雁文化事業股份有限公司
地址　台北市松山區復興北路333號11樓之4
劃撥帳號　50022001
戶名　漫遊者文化事業股份有限公司

初版一刷　2023年5月
定價　台幣490元
ISBN　978-626-96942-3-5

國家圖書館出版品預行編目（CIP）資料

藏翅膀的人：一個旅行信仰者的朝聖之路／陳慶祐 文字・攝影. -- 初版. -- 臺北市：一葦文思，漫遊者文化事業股份有限公司，2023.05
320面；17×23公分
ISBN 978-626-96942-3-5(平裝)

863.55　　112006605